Copyright © Maynard MacDonald 1950
Publicado originalmente na Grã-Bretanha
em 1957 por John D. MacDonald Publishing Inc.
Todos os direitos reservados.
Crédito p. 2-3 © Universal Pictures/Alamy

Tradução para a língua portuguesa
© Leandro Durazzo, 2019

Diretor Editorial
Christiano Menezes

Diretor Comercial
Chico de Assis

Gerente de Marketing Digital
Mike Ribera

Editores
Bruno Dorigatti
Raquel Moritz

Editores Assistentes
Lielson Zeni
Nilsen Silva

Capa e Projeto Gráfico
Retina 78

Designer Assistente
Pauline Qui

Revisão
Felipe Pontes
Maximo Ribera

Impressão e acabamento
Gráfica Geográfica

DADOS INTERNACIONAIS DE CATALOGAÇÃO NA PUBLICAÇÃO (CIP)
Andreia de Almeida CRB-8/7889

MacDonald, John
　　Cabo do medo / John MacDonald ; tradução de Leandro
Durazzo. — Rio de Janeiro : DarkSide Books, 2019.
224 p.

ISBN: 978-85-9454-148-2
Título original: Cape Fear

1. Ficção norte-americana 2. Mistério - ficção
I. Título II. Durazzo, Leandro

19-0530　　　　　　　　　　　　　　　　　　CDD 813.6

Índices para catálogo sistemático:
1. Ficção norte-americana

[2019]
Todos os direitos desta edição reservados à
DarkSide® *Entretenimento LTDA.*
Rua Alcântara Machado, 36, sala 601, Centro
20081-010 — Rio de Janeiro — RJ — Brasil
www.darksidebooks.com

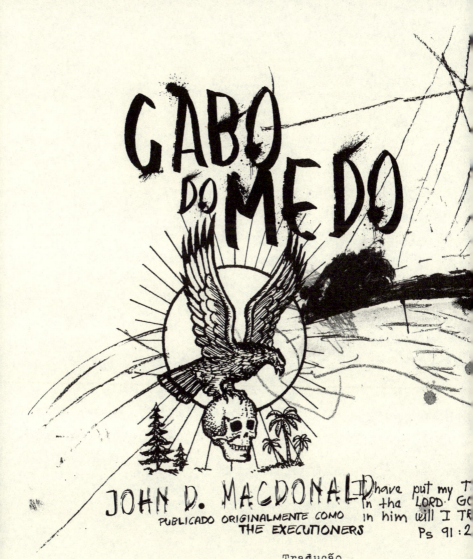

Para Howard, que acreditou;
e para Jennie, que acreditou em Howard

CAPÍTULO UM
JOHN D MACDONALD
VENGEANCE IS MINE
N.T.: Romans, xii, 19

Sam Bowden está deitado de costas sob um sol a pino, sábado, olhos fechados, a mão direita agarrada à meia lata de cerveja que esquenta aos poucos. Ele tinha consciência da proximidade de Carol. Faziam a digestão do piquenique tranquilamente. Jamie e Bucky se agitavam no matagal de um morro baixo, atrás da prainha, e Sam sabia que não demoraria muito até Jamie, de onze anos, mandar Bucky, de seis, vir até eles para perguntar se já podiam entrar outra vez na água. Nos outros anos, Nancy estaria correndo e berrando junto dos menorezinhos.

Mas, neste ano, Nancy tinha catorze, e neste ano trouxera um convidado junto — um menino de quinze anos, chamado Pike Foster. Nancy e Pike tomavam sol na proa do *Bela Sioux III*, com um rádio portátil sintonizado na programação singular de um DJ progressista. O *Bela Sioux* estava atracado a trinta metros praia abaixo, a proa encalhada na areia, e a música era praticamente inaudível.

Sam Bowden está deitado com o sol atravessando vermelho por suas pálpebras, tentando, quase em desespero, dizer a si mesmo que tudo ia bem com seu mundo em particular. Tudo estava bem. Essa era a primeira viagem do ano à ilha. Os Bowden fariam três ou quatro dessas viagens esse ano, do mesmo jeito que faziam todo ano desde 1950, quando a descobriram, um ano antes de Bucky nascer. Era uma ilhota ridiculamente pequena, vinte quilômetros no meio do lago, a noroeste de New Essex. Era pequena demais para ter um nome. Merecia apenas um pontinho no mapa e um alerta sobre os bancos de areia. Tinha um morro, uma praia e água razoavelmente profunda, logo em sua borda. Tudo estava sob controle. O casamento era da melhor qualidade. Todos tinham saúde. Ele era sócio na firma de advocacia desde 1948. Sua casa, bem próxima ao povoado de Harper, a cinquenta quilômetros de New Essex, era bem maior do que ele deveria ter comprado, mas ele podia se consolar com a valorização crescente de seus quatro hectares de terra. Não tinham muitas economias em que se fiar, apenas algumas ações mais ou menos estáveis no mercado. Mas seu plano de seguros robusto dava certa sensação de proteção.

Levantou a cabeça e, sem abrir os olhos, terminou com a lata de cerveja. Disse a si mesmo que não havia absolutamente nenhum motivo para reclamação. Não fazia sentido ficar histérico. Pense sobre isso como só mais um problema a ser tratado de forma hábil, tranquila, com rapidez e eficiência.

"Ei!", disse Col.

"Ahn?"

"Acorde e olhe para mim, seu peso morto."

Ele se virou sobre um dos cotovelos ossudos e a espiou. "Você parece bem", disse. E ela parecia, de fato. O maiô azul-bebê ressaltava sua pele escura. Seus cabelos eram negros, grossos e lustrosos, herança da porção remota de sangue indígena que também nomeara, inevitavelmente, os três barcos que possuíam. Seus olhos eram belos e negros e grandes. Seu nariz, que ela desprezava, era aquilino, marcadamente curvo. Ele sempre gostara disso. Seus trinta e sete anos se apresentavam nas rugas pelo canto dos olhos, possivelmente nas veias das costas das mãos, mas nunca em seu corpo delgado e leve, ou no contorno de suas pernas ágeis.

"Não estou pedindo elogio", ela disse com firmeza. "Estou falando sério. Preste atenção."

"Sim, senhora!"

"Já começou na quinta-feira quando você voltou do escritório. Você estava fisicamente ali, mas seu espírito estava perdido. E ontem, a mesma coisa. E hoje, de novo. Quinze anos de casamento, meu amiguinho, dão um aparato extrassensorial a uma garota."

"Que excitante. Esse aparato fica bem em você."

"Quieto! Não banque o espertinho, Samuel. Sem segredos. Sem rodeios, senhor, por favor. Quero saber. Agora mesmo, você está franzindo a testa mais do que o sol exige. Eu sei quando algo o está incomodando."

"Por toda New Essex eu sou conhecido como Sam Sutil. Ninguém sabe no que estou pensando. Não são capazes de desvendar meu sorriso de Monalisa. Eu posso armar a maior mão no pôquer sem sequer tremer. Mas você tem esse incrível..."

"Por favor", ela disse, com uma voz completamente diferente, e ele sabia que teria de contar. Ele abriu o isopor e tirou de lá outra lata de cerveja. Abriu-a e a ofereceu a ela, mas ela sacudiu a cabeça. Bebeu um terço da lata. "Certo. Mas você precisa saber que eu sou preocupado por natureza. Tudo está tão bem que eu fico supersticioso. Queria manter esses nossos ótimos planos funcionando direitinho."

"Talvez eu possa ajudar."

"Ou possa rir de mim. Espero. Uma coisa esquisita aconteceu quando voltei do escritório na quinta-feira. Mas esse não é o ponto de partida. Começou em uma certa viagem para o exterior de que você possivelmente se lembra."

Ele sabia que ela lembraria. Houve apenas uma viagem em 1943, quando o primeiro-tenente Samuel B. Bowden, do Departamento do Procurador-Geral Militar, esteve em um cruzeiro prolongado no velho *Comte de Biancamano*, então operado pela Marinha dos Estados Unidos. Ele embarcara vestido com sua palidez de Pentágono e por fim acabara em Nova Déli, no quartel-general do Teatro de Operações para a China, Birmânia e Índia.

"Não estou decidida a esquecê-la, amor. Você ficou fora um bom tempo. Um bom tempo fora de minha vida. Um mau tempo, devo dizer."

"Já faz algum tempo que você não me vê ocupado com o simpósio Bowden de histórias cômicas de guerra, mas por acaso se lembra da anedota sobre Melbourne? Não era realmente engraçada."

"Mais ou menos. Deixe-me ver. Você desembarcou lá e ficou enrolado com alguma coisa, então o navio partiu sem você porque você tinha de testemunhar, e nunca conseguiu recuperar aquela mala que arrumamos com tanto carinho."

"Eu era testemunha-chave em uma corte marcial. Um caso de estupro."

"Sim, disso eu lembro. Mas não lembro como você se tornou uma testemunha."

"Vários de nós fomos a um quarto de hotel e eu fiquei bêbado de cerveja australiana. Parece feita de marretas fermentadas. Era uma noite de junho, fria. Resolvi que tinha de voltar para o navio. Eram duas da manhã. Enquanto eu me perdia completamente no caminho, ouvi um choro vindo de um beco. Pensei que fosse um cachorrinho ou um gatinho. Mas era uma menina. Tinha catorze anos."

Ele sabia que aquele sabor meio bêbado daquela noite jamais deixaria sua memória. A enorme cidade de pedra com suas ruas largas e desertas, apenas algumas luzes acesas. O som de seus passos ecoando pelas paredes frias. Cantarolava "Roll Out the Barrel", que ressoou perfeitamente claro quando chegou à entrada do beco.

Chegou à conclusão de que um filhotinho poderia ser contrabandeado para dentro do navio. Então, encarou sem compreender nada daquelas pernas no chão, do ritmo bruto do agressor e ouviu o choramingo animal, ouviu o som de um punho acertando em cheio a cara dela. Com a compreensão veio também uma ira bárbara. Ele arrancou o soldado de cima dela e, conforme o homem se punha de pé, acertou ele violentamente no queixo. O homem se agarrou a ele sem muita força, depois caiu de costas e, para o espanto de Sam, começou a roncar. Ele correu dali e poucos minutos depois chamou um jipe da ronda terrestre.

Eles o seguraram para a corte marcial. A menina tinha catorze anos, grande para a idade e de aparência comum. Seu pai estivera doente naquela noite, e ela seguia sozinha para a casa da tia para buscar ajuda quando um soldado embriagado, Max Cady, abordara-a e a arrastara para o beco.

"Eles não o enforcaram?"

"Não, mas quase. Ele era um sargento subalterno de vinte e cinco anos, com sete anos de serviço e mais de duzentos dias de combate nas ilhas. Havia sido afastado por conta de um caso grave de leishmaniose e ataque de nervos, e mandado para uma unidade de convalescência perto de Melbourne. Aquela foi sua primeira ida à cidade. Estava bêbado. Ela parecia mais velha, e estava na rua às duas da madrugada."

"Mas mesmo assim."

"Eles o condenaram a trabalhos forçados, prisão perpétua."

Lembrava-se da aparência do sargento no tribunal. Parecia um animal. Taciturno, cruel e perigoso. E fisicamente forte. Sam o olhara e tinha ciência de como fora sortudo com aquele soco. Cady havia olhado para Sam, do outro lado do tribunal, como se fosse se deleitar em matá-lo com as próprias mãos. O cabelo negro cobria sua testa. Tinha a boca e o queixo pesados. Olhos pequenos e castanhos no fundo de órbitas simiescas. Sam era capaz de dizer no que Cady pensava. Um tenente não combatente, almofadinha. Um enxerido vestido com um uniforme bonito e que nunca ouvira um tiro espocar em fúria. Então, esse tenentezinho devia ter dado as costas ao beco, seguido seu caminho e deixado um soldado de verdade em paz.

"Sam, querido, você está tentando dizer que..." Ela tinha uma expressão assustada.

"Vamos, nada de ficar nervosa. Não precisa se preocupar, meu bem."

"Você encontrou esse homem na quinta-feira? Ele foi solto?"

Suspirou. "Nunca tenho chance de terminar nada. Sim. Ele foi solto."

Ele não havia esperado que Cady brotasse novamente de uma história antiga. Simplesmente esquecera de toda a situação. Muitas outras impressões daqueles anos no estrangeiro haviam apagado a lembrança de Cady. Ele voltara para casa em 1945 com a patente de capitão. Dava-se bem com seu coronel, um homem chamado Bill Stetch, e depois da guerra viera a New Essex a convite de Bill para se juntar à firma de advocacia.

"Conte mais. Como ele é? Como diabos ele o encontrou?"

"Não acho que seja um problema. Podemos lidar com isso. De todo modo, quando seguia para o estacionamento na quinta-feira, um homem que eu tinha certeza de não conhecer veio andando bem do meu lado. Ficou sorrindo de um jeito esquisito, engraçado. Pensei que ele era louco."

"Podemos entrar agora? Podemos? Já deu tempo?" Bucky berrava estridente, correndo na direção deles.

Sam olhou para o relógio. "Marcou bobeira, meu amiguinho desatento. Vocês já poderiam ter entrado cinco minutos atrás."

"Ei, Jamie! Já deu tempo."

"Bucky, espere um pouco", disse Carol. "Não vá para além daquela pedra. Você *ou* Jamie. Entendido?"

"A Nancy vai *bem* depois dela."

"E quando você passar pelos testes de salva-vidas que ela passou, vai poder ir *bem* depois também", Sam falou. "Não faça manha. E veja se não arruma confusão."

Observaram os dois meninos entrarem na água. Nancy e o amigo se levantaram. Ela acenou aos pais, enfiando o cabelo negro sob a touca enquanto caminhava para a popa do *Bela Sioux*. Sam olhou para ela e se sentiu triste e ancião quando percebeu a rapidez com que sua figura esbelta havia amadurecido. E, como sempre, agradeceu aos deuses por Nancy ter puxado à mãe. Os meninos pareciam com ele. Cabelos acastanhados, ossos largos, olhos azuis, sardas e dentes grandes. Era evidente que os meninos seriam iguais ao pai, quando crescessem. Incuravelmente magros, desengonçados, compridos e altos, homens de físico indolente e pouca robustez. Seria trágico se ele desejasse à única filha o mesmo destino.

"Era o mesmo sargento, não era?", Carol perguntou em uma voz encolhida.

"O mesmo. Eu tinha esquecido seu nome. Max Cady. Sua condenação foi revista. Foi solto setembro passado. Serviu treze anos de trabalhos forçados. Eu não o teria reconhecido. Quase um metro e oitenta, forte e parrudo. Está bem calvo e bastante bronzeado, parece durão o bastante para aguentar uma machadada. Os olhos são os mesmos e o queixo e boca também, mas isso é tudo."

"Ele o ameaçou?"

"Não de forma explícita. Ele tinha controle da situação. Estava se divertindo. Ficou me contando que eu nunca captara a mensagem, nunca vira o quadro completo. E sorria debochado. Acho que nunca vi um sorriso mais desconcertante. Ou dentes mais brancos, mais artificiais. Ele sabia bem até demais que estava me deixando desconfortável. Seguiu-me até o estacionamento e eu entrei no carro, dando a partida. Daí ele se moveu como um gato e agarrou as chaves, debruçando-se na porta, olhando para mim. O carro parecia um forno. Eu estava sentado em meu próprio suor. Não sabia que diabos fazer. Não tinha como tentar tirar a chave dele. Um absurdo."

"Você não podia sair e procurar a polícia?"

"Talvez. Mas não parecia muito... digno. Era como correr para a professora. Então eu escutei. Ele estava orgulhoso pela forma como me encontrara. Quando seu advogado de defesa me questionou, acabou ficando claro que eu me formara em Direito em Penn. Então, Cady foi à Pensilvânia e arranjou alguém para conferir os registros de alunos para ele, onde conseguiu os endereços de casa e do trabalho. Ele queria se assegurar de que eu soubesse como haviam sido os treze anos de trabalho forçado. Chamou-me de tenente. Usava a palavra em toda frase. Fez com que ela soasse como um palavrão. Como era junho, disse que era uma espécie de aniversário nosso. E disse que vinha pensando em mim há catorze anos. E que estava feliz por me ver tão bem. Que não desejava ter me encontrado cheio de problemas."

"O que... ele quer fazer?"

"Só disse que queria ter certeza de que eu entenderia a mensagem, veria o quadro completo. Fiquei sentado lá, suando, e quando finalmente exigi as chaves do carro, ele as entregou. E tentou me dar um charuto. Tinha um bolso na camisa cheio deles. Disse que eram bons charutos, duas folhas cada. Quando me afastei ele disse, ainda arreganhando os dentes: "Mande lembranças à esposa e às crianças, tenente"."

"Que aflição."

Sam ponderou se deveria contar-lhe o resto, e soube que sim. Ela precisava saber o resto da história, assim não ficaria descuidada — se chegasse a esse ponto.

Deu uns tapinhas na mão dela. "Agora se prepare, Carolzinha. Pode ser só coisa da minha cabeça. Espero que seja. Mas é isso que tem me comido por dentro. Você lembra que cheguei tarde na quinta-feira. Cady me tomou meia hora. Tive bastante tempo para observá-lo. E quanto mais eu escutava, mais sentia um alerta, cada vez maior. Você não precisa ser um psicanalista treinado. De algum jeito, quando alguém é diferente, você sabe. Suponho que todos fazemos parte de um rebanho, de certo modo. E é sempre possível perceber pequenas pistas que indicam o animal arredio. Não acredito que Cady seja são."

"Meu Deus!"

"Acho que você precisa saber sobre ele. Posso estar errado. Não sei que palavras os médicos usariam. Paranoico. Não sei. Mas ele não consegue assumir a culpa. Tentei dizer a ele que era sua responsabilidade. Ele dizia que se elas eram grandes o suficiente, eram adultas o suficiente, e que ela era só outra puta australiana. Eu não entendia a mensagem. Eu não via o quadro completo. Acho que ele é o tipo de recruta que despreza todos os oficiais, de todo modo. E se convenceu de que o incidente no beco fora perfeitamente normal. Então, eu roubara treze anos de sua vida e devia pagar por isso."

"Mas ele não falou isso?"

"Não. Ele não falou. Estava curtindo seu momento. Sabia que estava me afetando. Então, por que se preocupar?"

Os olhos dela estavam vidrados e arregalados. Olhava para além dele. "Há quanto tempo ele está em New Essex?"

"Não sei. Tive a impressão de que ele está por aí há algumas semanas."

"Ele tem um carro?"

"Não sei."

"Como estava vestido?"

"Calças cáquis, não muito limpas. Uma camiseta branca de manga curta. Sem chapéu."

"Aconteceu uma coisa semana passada. Talvez não queira dizer nada. Na quarta-feira, acho que foi. De manhã. As crianças estavam na escola. Ouvi Marilyn latindo de se esgoelar e imaginei que ela encurralara algo, numa daquelas horríveis brincadeiras de caçar — um esquilo ou algo assim. Por isso não dei qualquer atenção até que ela soltou um ganido agudo. Corri para o quintal e a vi fugindo pelo terreno, o rabo entre as patas, virando a cabeça para olhar para a estrada. Havia um carro cinza, meio velho, parado no acostamento, e um homem grande sentado em nossa mureta, olhando para a casa. Estava a uns bons cem metros de distância. Tive a impressão de que era bem forte, careca, e fumava um charuto. Encarei-o, mas ele não se mexeu. Eu não sabia o que fazer. Acho que Marilyn latira para ele, mas não dava para ter certeza se ele atirara uma pedra nela ou algo assim. Se ele tivesse apenas fingido atirar uma pedra, nossa cadelinha corajosa, amigável, teria reagido do mesmo jeito. E eu não sabia se sentar no muro era invasão. O muro marca nossa linha. Marilyn e eu entramos em casa e ela se enfiou sob o sofá da sala. O homem me deixou um tanto quanto incomodada. Você sabe, sozinho lá fora. Disse a mim mesma que ele era um vendedor ou qualquer coisa dessas, e que gostara da vista, por isso havia parado para olhar um pouco. Quando olhei de novo, ele ainda estava lá. Não gosto de pensar que pode ter sido... ele."

"Nem eu. Mas acho melhor assumirmos que era. Droga, precisamos de um cachorro melhor."

"Eles não fazem cachorros melhores. Marilyn não é exatamente valente, mas é doce. Olhe para ela."

Marilyn, acordada de seu sono pelos gritos e mergulhos das crianças, havia entrado na água. Era uma setter irlandesa castrada, bonita e com a pelagem linda. Agitava-se em volta dos meninos nadando, latindo em espasmos de alegria e excitação. "Agora que já a deprimi", ele disse com um entusiasmo que não sentia, "posso passar para o lado bom da coisa. Mesmo que a boa e velha Dorrity, Stetch e Bowden faça trabalhos corporativos e patrimoniais, mexendo com contabilidade, eu tenho amigos na polícia. Em nossa bela cidadezinha de 125 mil habitantes, Sam Bowden é razoavelmente bem conhecido, possivelmente respeitado. O suficiente para fazer parecer que, algum dia, eu vá me candidatar a alguma coisa."

"Por favor, não."

"O que estou querendo dizer é que sou um dos caras. E os caras cuidam uns dos outros. Ontem almocei com Charlie Hooper, nosso brilhante e jovem procurador da cidade. Contei a história a ele."

"E tenho certeza que você fez soar como algum tipo de brincadeira."

"Minhas mãos não estavam trêmulas nem minha expressão desesperada, mas acho que o fiz ver que estou preocupado. Charlie não pareceu pensar que isso possa ser um problema em especial. Anotou o nome e a descrição. Creio que a frase elegante que usou foi 'farei com que os caras se ocupem dele'. Isso parece querer dizer que os oficiais da lei encontram tantas formas de pressionar um cidadão indesejado que ele facilmente se muda para áreas mais confortáveis."

"Mas como podemos ter certeza de que ele vai embora, e como sabemos que não vai voltar?"

"Queria que você não tivesse feito essa pergunta, querida. Era sobre isso que eu estava pensando."

"Por que não o colocam na cadeia?"

"Pelo quê? Meu Deus, seria ótimo se você pudesse fazer isso, não seria? Um sistema legal inteiramente novo. Prender pessoas pelo que elas poderiam fazer. New Essex no rumo do totalitarismo. Querida, ouça. Eu sempre uso de delicadeza, acho, quando trato da lei. Nós, modernos, evitamos qualquer alusão à dedicação. Mas acredito na lei. É uma estrutura ruidosa, sem firmeza e irritante. Com algumas injustiças. Às vezes me pergunto como nosso sistema legal consegue sobreviver. Mas em sua base há uma estrutura ética. Ela se baseia na inviolabilidade da liberdade de cada cidadão. E funciona muitíssimo mais vezes do que não funciona. Um monte de gente tem tentado talhar o sistema em uma nova forma, nessa metade de século, mas o velho monstro teima em não se alterar. Por trás de todas as audiências lotadas, juízes atarefados e legislação intratável existe uma estrutura sólida de equidade ante a lei. E eu gosto disso. Eu vivo isso. Gosto disso como um homem pode gostar de uma casa antiga. É abafada, range e faz calor como o inferno, mas suas vigas continuam firmes como no dia em que foram levantadas. Talvez essa seja a essência da minha filosofia de que essa coisa com Cady precisa ser tratada de acordo com a lei. Se a lei não pode nos proteger, então estou me dedicando a um mito, e é melhor despertar."

"Acho que preciso amá-lo do jeito que você é. Ou, talvez, eu o ame justamente por isso, seu advogado velho. Nós, fêmeas, somos mais oportunistas. Eu seria capaz de pegar aquela sua velha espingarda e dar um tiro certeiro nele, no muro de pedra mesmo, se ele alguma vez voltar aqui."

"É o que você pensa. E os dois velhos aqui não deviam arriscar a água com aqueles jovenzinhos?"

"Pode ser. Mas não comece a provocar Pike outra vez. Você o deixa todo sem graça."

"Estou apenas sendo o pai brincalhão da amiga dele."

Caminharam em direção à água. Carol o olhou e disse: "Não se afaste outra vez, Sam. Por favor. Deixe-me saber do que acontece".

"Vou deixar. E não se preocupe, só estou temeroso por superstição, porque nossa vida anda boa."

"Nossa vida anda ótima."

Enquanto entravam na água, Nancy subia pela popa do *Bela Sioux*. Gotículas de água brilhavam em seus ombros nus. Seu quadril, há pouco tempo magricela, começara a tomar formas adultas. Ela tomou impulso e mergulhou perfeitamente.

Carol tocou o braço de Sam. "Aquela garota. Quantos anos ela tinha?"

"Catorze." Olhou nos olhos de Carol. Agarrou-a pela cintura e a segurou firme. "Olhe. Chega desse tipo de pensamento. Pare agora."

"Mas você pensou o mesmo."

"Só por um momento, quando você tirou sua conclusãozinha. E nós dois vamos tratar de esquecer esse pensamento doentio, agora mesmo."

"Sim, senhor." Ela sorriu. Mas o sorriso não vinha em sua forma apropriada e usual. Mantiveram o olhar por mais um instante e entraram na água. Ele nadava com uma energia impetuosa, mas era incapaz de nadar para longe do pequeno tentáculo de medo que se enrolara, pegajoso, em volta de seu coração.

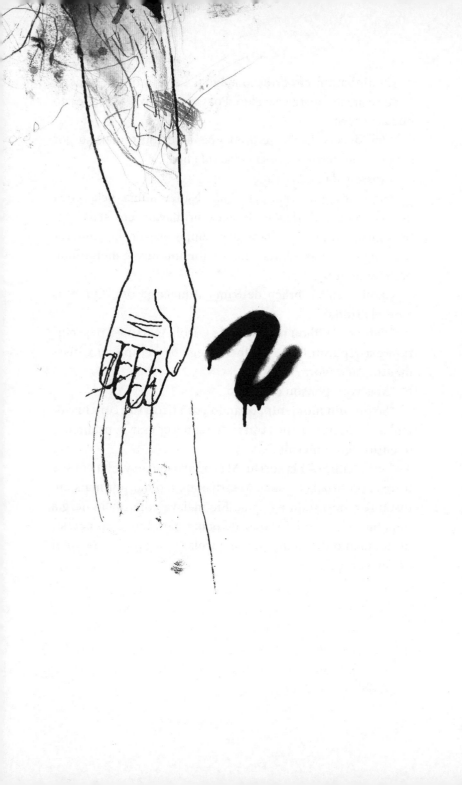

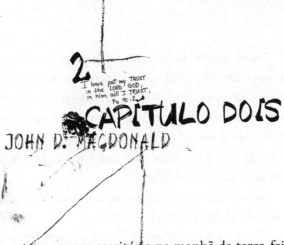

CAPÍTULO DOIS

Sam Bowden estava em seu escritório na manhã da terça-feira seguinte, repassando — com um advogado jovem chamado Johnny Karick, que trabalhava na Dorrity, Stetch e Bowden havia menos de um ano — um relatório testamentário do Banco Fiduciário de New Essex quando Charlie Hopper telefonou, dizendo estar na vizinhança e achar conveniente aparecer ali por uns minutinhos.

Sam terminou o que fazia rapidamente e mandou Johnny de volta a seu cubículo, para redigir um sumário daquele relatório. Interfonou para Alice na recepção e a instruiu a mandar o sr. Hopper entrar tão logo chegasse.

Charlie apareceu poucos minutos depois e fechou a porta do escritório atrás de si. Era um homem de seus trinta anos, com um rosto feio e bem-humorado, consideravelmente enérgico e ambicioso, de modos calculadamente indolentes.

Sentou-se, apanhou seus cigarros e disse: "Paredes sóbrias, vozes baixas, documentos que remontam todo o caminho até o Código de Hamurabi. E o rico e suave cheiro da contagem de dinheiro. Um peão de obras como eu devia entrar aqui na ponta dos pés. Sempre acabo me esquecendo de como suas ações corteses fazem esse negócio parecer quase respeitável."

"Você morreria de tédio, Charlie. Eu passo metade do tempo fazendo pontas bem acabadas nesses lápis."

Charlie suspirou. "Estou metido no burburinho da vida, participando de reuniões nos conselhos municipais, nas juntas de zoneamento e planejamento. Trabalho honesto, Samuel. Diz para mim, por que você nunca mais passou no Bar Jurídico do Gil Brady?"

"Não tenho precisado ir ao tribunal ultimamente. E isso é um sinal de eficiência."

"Eu sei, eu sei. Bom, comecei a vasculhar seu camarada. Ele está morando em uma pensão na Jaekel Street, 211, quase na esquina da Market. Chegou lá no dia quinze de maio. Pagou adiantado para ficar até o fim de junho. Como ainda é dia onze, ele deve pretender ficar mais tempo. Nossos rapazes estão de olho nos registros do lugar. Ele dirige um Chevrolet sedan cinza, modelo de uns oito anos atrás. Placa de West Virginia. O pessoal o abordou na saída de um bar da Market Street, ontem à noite. O delegado Mark Dutton mandou que ele não arranjasse confusão. Bastante calmo e paciente com a coisa toda."

"Eles o deixaram ir?"

"Precisaram, ou precisariam. Verificaram com Kansas e descobriram que ele foi solto setembro passado. Fizeram-no explicar onde arranjara dinheiro e o carro. Então verificaram ainda mais atrás. Ele é de uma cidadezinha perto de Charleston, West Virginia. Quando foi solto, voltou para lá. Seu irmão trabalha em Charleston e mantinha a casa da família. Quando Max voltou, eles a venderam e dividiram o dinheiro. Ele ainda ficou com cerca de três mil dólares e os carrega em uma doleira. Ele está limpo em Charleston e em Washington. Os documentos do carro e a licença estão em ordem. Fizeram uma busca tanto no carro como em seu quarto. Nenhuma arma. Nada fora do lugar. Então, tiveram de deixá-lo ir."

"Ele deu alguma explicação sobre ter vindo para cá?"

"Dutton tratou da situação como achamos que devia fazer. Seu nome não veio à baila. Cady disse que gostava da cara da cidade. Dutton falou que ele estava bem calmo, bastante razoável."

"E você fez Dutton compreender a situação?"

"Não sei. Acho que sim. Dutton não quer aquele tipo de forção de barra mais do que você quer. Então, vão ficar de olho nele. Se cuspir na calçada, isso vai lhe custar cinquenta dólares. Se dirigir um quilômetro por hora a mais que o permitido, vai ter de pagar. Vão enquadrá-lo por embriaguez e perturbação da ordem quando o virem saindo de um bar. Ele vai ser pego. Vai ter de seguir seu rumo. Eles sempre conseguem."

"Charlie, agradeço o que você tem feito. De verdade. Mas tenho a impressão de que ele não vai se assustar."

Hopper apagou seu cigarro. "Você está nervoso?"

"Talvez. E talvez eu não tenha parecido preocupado o suficiente quando almoçamos na sexta-feira. Acho que ele é um psicopata."

"Se é, Dutton não percebeu. O que você acha que ele quer fazer?"

"Não sei. Tenho a sensação de que ele quer fazer algo para me ferir da pior forma possível. Quando você é casado, tem três filhos e mora no campo, é fácil ficar apreensivo."

Contou a Charlie sobre o incidente do carro estacionado com o homem sentado sobre o muro. O fato de Carol lembrar do carro cinza fazia com que muito provavelmente tivesse sido Cady.

"Talvez ele só queira deixá-lo assustado."

Sam deu um sorriso forçado. "Está fazendo um bom trabalho, então."

"De repente você pode tentar outra coisa, Sam. Conhece o pessoal da Apex?"

"Conheço, claro. Estamos acostumados com eles."

"Eles são uma organização nacional, com alguns pontos fracos, mas também tem boas pessoas ali. Estou pensando em um rapaz específico. Sievers, seu nome. Bem treinado. Era da inteligência militar, creio eu. E também trabalhou na polícia. É durão como um touro e frio que nem serpente. Vai sair caro, mas pode ser um bom lugar para gastar seu dinheiro. Você conhece o administrador de lá?"

"Sim, o Anderson."

"Ligue para ele e veja se consegue o Sievers."

"Acho que farei isso."

"Pegou o endereço de Cady?"

"Anotei aqui. Jaekel Street, 211, quase na esquina da Market."

"Certo."

Sievers chegou no escritório às quatro e meia. Sentou-se quieto e ouviu a história de Sam. Era um homem de rosto quadrado, carregado, que podia ter qualquer idade entre trinta e cinco e cinquenta. A barriga era protuberante sobre o cinto. As mãos, muito grandes e brancas. Seus cabelos não tinham cor, os olhos eram cinzentos e cansados. Não fazia movimentos desnecessários. Ficou sentado como um túmulo, ouvindo, e fez com que Sam começasse a se sentir alarmista.

"O sr. Anderson deu-lhe meus honorários?", Sievers perguntou com uma voz distante.

"Sim, sim. E me comprometi a enviar-lhe um cheque logo."

"Por quanto tempo deseja que Cady seja vigiado?"

"Não sei. Eu quero... uma opinião externa sobre se ele está planejando ferir a mim ou a minha família."

"Não lemos mentes."

Sam sentiu o rosto em chamas. "Entendo. E não sou uma mulher histérica, Sievers. Pensei que, ao observá-lo, você possa encontrar algumas pistas sobre o que ele tem em mente. Quero saber se ele virá a minha casa."

"E se ele for?"

"Dê-lhe o tanto de espaço quanto você pense ser seguro. Pode ajudar se conseguirmos evidências suficientes de suas intenções para condená-lo."

"Como deseja os relatórios?"

"Relatórios verbais serão adequados, Sievers. Você pode começar imediatamente?"

Sievers encolheu os ombros. Foi seu primeiro gesto, de qualquer tipo. "Já comecei."

A chuva parou imediatamente antes de Sam deixar o escritório na terça à noite. O pôr do sol surgiu na hora em que ele cortava seu caminho entre o tráfego e dobrava na Rodovia 18. A estrada margeava o lago por oito quilômetros através de uma área de estância de verão, que a cada ano tinha mais construções. Depois, virava a sudoeste na direção do povoado de Harper, treze quilômetros além, cruzando glebas cultivadas e enormes empreendimentos imobiliários.

Dirigiu para o povoado e deu uma volta na praça central, pegando a Milton Road Hill depois do semáforo para continuar à sua casa, fora dos limites do povoado. Haviam procurado por muito tempo antes de encontrar a fazenda, em 1950, e hesitaram outro bom tempo por causa do preço. E fizeram várias estimativas do quanto custaria modernizá-la. Mas tanto ele quanto Carol sabiam que estavam encurralados. Tinham caído de amores pela casa velha. Ela ficava em um terreno de quatro hectares, tudo que restara do zoneamento original. Havia olmos, carvalhos e uma fileira de álamos. Todas as janelas da frente tinham vista para a imensidão de colinas suaves. O arquiteto e o empreiteiro haviam feito trabalhos magníficos. A casa simples era de tijolos pintados de branco, localizada a boa distância da estrada. A entrada de carros ficava do lado direito da casa, quando você a olhava de frente, e dava a volta até a parte de trás, onde antes ficava o celeiro. Ainda chamavam por esse nome, mesmo que agora servisse para abrigar o Ford e o valente, honroso e firme MG de Carol. O celeiro também era de tijolo, pintado de branco. O segundo andar, antes depósito de feno, era a área das crianças. Marilyn, sempre com uma lamúria alarmada, era capaz de subir as escadas, mas precisava ser carregada dali para baixo, com o rabo encolhido e os olhos medrosos.

Enquanto seguia pela estradinha, Sam desejou pela primeira vez ter vizinhos próximos. Era possível ver o topo do telhado da casa dos Turner e algumas fazendas nas encostas distantes, mas era tudo. Havia muitas casas nas margens da estrada, mas muito espaçadas. Havia casas o bastante para que parecesse, nos fins de semana e feriados, que toda a população da escola central descia no ponto de Bowden. Mas nenhuma casa ficava realmente perto.

Entrou no celeiro. Marilyn veio dançando, correndo e sorrindo, implorando atenção. Sam, dando tapinhas em sua cabeça, contou as bicicletas e viu que, dos três, apenas Bucky estava em casa. Ficou apreensivo ao pensar que Nancy e Jamie estavam pela estrada. Era sempre uma preocupação, por causa do trânsito. Mas agora havia uma preocupação a mais. Mesmo assim, não conseguia ver como seria capaz de proibi-los de sair.

Carol apareceu no jardim, na metade do caminho para o celeiro, encontrou-se com Sam, deu um beijo nele e disse: "Falou com Charlie?".

"Sim. Pensei em telefonar para você, mas achei que podia esperar."

"Boas notícias?"

"Bem boas. É uma longa história." Encarou-a. "Você está absurdamente bem vestida, mulher. Espero que não haja nenhuma festa de que me esqueci."

"Ah, isso? Foi para elevar o moral. Estava preocupada, então me empetequei toda. Geralmente faço isso de qualquer jeito, lembra? Todos as matérias sobre casamentos felizes dizem que você deve se vestir bem para o marido, todas as noites."

"Mas não tanto assim."

Entraram pela cozinha. Ele preparou uma bebida bem servida e a levou para cima, para beber enquanto tomava banho e se trocava. Quando saiu do banho, Carol veio sentar-se na beirada da cama para ouvir sobre o encontro com Charlie e a contratação de Sievers.

"Queria que ele tivesse feito algo pelo qual pudesse ser preso, mas ainda assim estou feliz com Sievers. Ele parece... eficiente?"

"Eu não saberia dizer. Ele não é o cara mais afável que se possa conhecer. Charlie parece considerá-lo o melhor."

"Charlie saberia, não?"

"Charlie saberia. Deixe de apreensão, meu bem. As rodas já começaram a girar."

"E isso não vai sair absurdamente caro?"

"Nem tanto", mentiu.

"Qualquer hora vou jogar essa blusa azul no lixo."

Ele abotoou a blusa, sorrindo para ela, e disse: "Quando ela for, eu vou junto".

"É medonha!"

"Eu sei. Onde estão as crianças?"

"Bucky está no quarto. Ele e Andy estão desenvolvendo um avião, eles disseram. Jamie está na casa dos Turner, foi convidado para jantar lá. Nancy deve estar voltando do centro a qualquer minuto."

"Ela está com alguém?"

"Ela e Sandra foram de bicicleta."

Aproximando-se da mesa, deixou os óculos sobre ela e tomou outro gole de sua bebida. Olhou para Carol. Ela sorriu. "Acho que não podemos fazer nada sobre isso, querido. Os primeiros colonos não deixaram de tentar. Índios e animais. É assim que é. Como um animal se escondendo no meio da mata, perto da água."

Ele a beijou na testa. "Logo isso terá passado."

"É melhor que tenha. Eu estava morta de fome hoje no almoço, mas não consegui comer uma garfada. E queria ir até a escola, ver se estavam todos bem. Mas não fui. Trabalhei no campo, em uma agitação absoluta, até que o ônibus da escola os deixou na frente de casa."

Ele podia ver a estradinha de entrada através da janela do quarto, e viu Nancy pedalando para o celeiro, virando-se para acenar e gritando algo por sobre o ombro para alguém fora de vista. Sandra, provavelmente. Vestia shorts jeans azuis e uma blusa vermelha.

"Lá vem Nancinha", ele disse, "bem na hora."

"Ela está, para usar suas próprias palavras, uma arara com Pike. Parece que há uma nova atração na escola. Alguém com o cabelo quase platinado. Então, agora Pike é um boçalho."

"Boçalho?"

"É novo para mim também. Parece que é uma mistura de boçal com paspalho. A tradução me foi informada com uma impaciência extrema. Oh, mããe!"

"Aceito essa. Pike Foster é um boçalho. Sem qualquer dúvida. Ele é uma fase que me alegra ver terminada. É grande e musculoso demais para um menino de quinze anos. E quando tento conversar com ele, o rapaz cora e fica me encarando, dando aquela risada imbecil das mais horríveis que já ouvi."

"Ele não sabe como lidar com você. Só isso."

"Não há nada complicado comigo. E palavras com duas sílabas deixam-no embasbacado. Uma perfeita criança da geração televisão. E daquela maldita escola com aquelas malditas teorias. E antes que você me dê a resposta já tradicional, eu *não* vou entrar na associação de pais e mestres para fazer nada a respeito disso."

Desceram as escadas. Nancy estava sentada ao balcão da cozinha, falando ao telefone. Olhou-os com uma expressão de um fastio desamparado, cobriu o bocal e sussurrou, "Simplesmente preciso estudar hoje à noite".

"Então desligue", disse Sam.

Ouviu-se um som como o de um cavalo faminto se despencando escada abaixo. Bucky e seu melhor amigo, Andy, atiraram-se pela cozinha até sair pela porta de tela, descendo os degraus e correndo para o celeiro. As dobradiças rangiam. "Olá, pai", disse Sam. "Olá, filho. Olá, Andy. Oi, sr. Bowden. O que os meninos estão fazendo? Ah, estamos indo para o celeiro, pai. Certo. Corram, meninos."

Nancy, ouvindo arrebatada a voz do outro lado da linha, deixara cair a sandália do pé direito. Descalça, tentava distraidamente agarrar o trinco do armário com os dedos do pé. Carol abrira o forno e olhava para seja lá o que estivesse ali dentro, com uma expressão de dúvida e poucos amigos. Ela era uma boa, mas emotiva, cozinheira. Conversava com os ingredientes e com os utensílios. Quando algo não dava certo, não era culpa dela. Era um ato de rebelião deliberada. As malditas beterrabas resolveram queimar. A galinha estúpida não era capaz de relaxar.

Sam completou seu copo e o colocou sobre a mesa de jantar. Abriu os jornais da manhã, mas antes de começar a ler deu uma olhada em torno da cozinha. Carol tinha uma ótima mão para a decoração. Havia um monte de aço inoxidável. Era um aposento grande. Ocupava o espaço da cozinha, copa e despensa originais. Uma ilha central, com fogão e pia, dividia o espaço da área de jantar. Os armários e móveis eram de pinho negro. Uma janela enorme se abria para o morro coberto por árvores atrás do celeiro. Panelas de cobre, de diferentes tamanhos, estavam penduradas em uma das paredes. Havia uma pequena lareira perto da mesa. Sam não ficara impressionado de início. Não se sentira confortável naquele espaço. Muito de revista, dissera. Esquisito, aquele tanto de cobre. Mas agora ele gostava muitíssimo, e era o ambiente mais utilizado da casa. A muito mais sóbria sala de jantar, com seu mobiliário branco e as paredes de um azul celeste, foi rapidamente reservada a ocasiões especiais. A mesa de jantar acolhia cinco pessoas confortavelmente.

Quando Nancy desligou o telefone e pegou a sandália, Sam disse: "Ouvi dizer que você tem concorrência, Nance".

"Quê? Ah, *isso*! Mamãe contou. Ela é uma coisinha absolutamente asquerosa. Toda cheia de babados e uma adolável língua plesa e olhões arregalados. A gente acha que ela está fugindo de Alice no País das Maravilhas. Os garotos ficaram todos babões em volta dela. Uma visão horrível. Nojenta. E o coitadinho do Pike. Não tem qualquer condições de conversar, então tudo que faz é ficar andando em volta dela, deixando o muque à mostra. Para mim, não fede nem cheira."

"Eis uma expressão encantadoramente feminina."

"Todo mundo fala isso", ela respondeu, compassiva. "Eu só tenho que estudar. Sério."

"O que tem amanhã, querida?", perguntou Carol.

"Prova de História."

"Precisa de alguma ajuda?", quis saber Sam.

"Talvez nas datas, depois. Odeio ter que aprender todas aquelas datas velhas."

Ele olhou para a porta por onde ela havia saído. Uma idade tão preciosa e tão instável. Meio criança, meio mulher. E quando ela fosse toda mulher, seria extraordinariamente adorável. E isso criaria sua porção específica de problemas.

Quando estava terminando com os jornais, tendo guardado as tirinhas para o fim, ouviu Carol ao telefone. "Alô, Liz? Carol. Nosso menino está sendo razoavelmente civilizado? ... Estão? Ótimo. Seu Mike é um anjinho quando está aqui. Acho que todos eles costumam reagir daquele jeito... Posso, por favor? Obrigada, Liz... Jamie? Querido, não quero você e Mike deixando de estudar, ouviu?... Tudo bem, querido. Nada de cotovelo sobre a mesa, coma de boca fechada e volte para casa às nove e meia. Tchau, meu amor."

Desligou e se virou para lançar a Sam um olhar de culpa. "Sei que é estupidez. Mas comecei a ficar preocupada. E telefonar é tão simples."

"Fico feliz que tenha ligado."

"Se eu continuar assim, vamos acabar todos neuróticos."

"Acho que é uma boa ideia manter um olho em cima deles."

"Você pode chamar Bucky e mandar Andy para casa, querido?"

Às nove horas, depois de ver que Bucky já estava na cama, Sam atravessou o corredor até o quarto da filha. Havia uma pilha de discos na prateleira e a música estava baixa. Nancy sentava-se à mesa, com livro e caderno abertos, e vestia seu roupão cor-de-rosa. Os cabelos, todos bagunçados. Deu uma olhada para o pai que transmitia todo seu extremo esgotamento.

"Pronta para as datas?"

"Acho que sim. Provavelmente vou errar metade. Aqui está a lista, papai."

"Você pelo menos destacou os números?"

"Eles são diferentes."

"São, claro. Não ensinam mais caligrafia?"

"Precisa ser legível. É o que eles dizem."

Ele se aproximou da cama, afastou o indispensável canguru e sentou. A menina ganhara Sally em seu primeiro aniversário, que desde então dividia a cama com ela onde quer que fosse. Já não mordiscava mais suas orelhas. Sobrara muito pouco para mascar.

"Vamos ficar com a trilha sonora desse cavalheiro cheio de adenoides?"

Nancy se estirou para alcançar a vitrola e desligá-la. "Estou pronta. Mãos à obra."

Ele repassou a lista e ela errou cinco. Vinte minutos depois, pegara todas as datas, não importava se ele bagunçasse a ordem. Ela era uma menina inteligente e bastante competitiva. A seu próprio modo, tinha uma mente aguda, lógica, metódica, não criativa. Bucky parecia ser como ela. Jamie era o sonhador, o aluno desatento, imaginativo.

Levantou-se e entregou a lista a ela, hesitou e sentou-se outra vez. "Conversa de pai", ele disse.

"Acho que não falta nada. Por enquanto é isso."

"Agora são recomendações, querida. Conversa sobre falar com estranhos."

"Pai do Céu, a gente já falou disso um zilhão de vezes. Mamãe também. Não aceite caronas. Não vá na mata sozinha. Não peça carona nunca. E se alguém agir de modo estranho, corra como o vento."

"Dessa vez é um pouquinho diferente, Nance. Esse é um estranho específico. Eu estava pensando em não lhe contar, mas acho que seria burrice. Esse é um homem que tem ódio de mim."

"Ódio de *você*, papai!"

Sentiu-se um pouco irritado. "Há quem possa odiar seu brando, amável e simples paizinho."

"Eu não quis dizer isso. Por que ele o odeia?"

"Testemunhei contra ele há muito tempo. Durante a guerra. Não fosse por mim, ele não teria sido condenado. Esteve em uma prisão militar desde então. Agora deixaram-no sair, e ele está por perto. Sua mãe e eu acreditamos que ele veio até aqui, há duas semanas. Ele pode não fazer absolutamente nada, mas precisamos assumir que ele pode fazer algo."

"Por que o prenderam?"

Olhou-a por um instante, avaliando o quanto entenderia.

"Estupro. Era uma menina da sua idade."

"Meu Deus!"

"Ele não é tão alto quanto eu, tem mais ou menos o tamanho de John Turner, e grande como John, mas não é fraco. É careca e bem bronzeado, com uma dentadura barata muito branca. Usa roupas vagabundas e fuma charuto. Consegue se lembrar disso?"

"Claro."

"Não deixe ninguém com essa descrição chegar nem um pouco perto de você, qualquer que seja o motivo."

"Pode deixar. Deus do céu, isso é emocionante, não é?"

"É uma das formas de ver a coisa."

"Posso contar para as crianças?"

Ficou indeciso. "Não vejo por que não. Vou contar a seus irmãos. O nome do homem é Cady. Max Cady." Levantou-se novamente. "Não estude demais, gatinha. Você vai melhor na prova se tiver dormido bem."

"Mal posso esperar para contar para os outros. Uau!"

Sorriu para ela e bagunçou seu cabelo. "Grande história, ahn? Uma catástrofe surge na vida da adolescente Nancy Ann Bowden. O perigo segue de perto essa esbelta dama. Sintonize amanhã para mais um capítulo da vida dessa garota americana que sorri bravamente enquanto..."

"*Para com isso*, agora!"

"Quer que feche a porta?"

"Ei, quase esqueci. Encontrei Jake no centro. Ele disse que agora pode tratar do barco, e você sabe como ele é, então falei para que ele fizesse isso e que nós poderíamos trabalhar nele esse fim de semana. Tudo bem?"

"Está ótimo, gatinha."

Quando desceu as escadas, Jamie já havia voltado para casa. Carol estava na missão de enfiá-lo na cama. Sam pediu que ele esperasse um momento.

"Acabei de contar a Nance sobre Cady", disse.

Carol fez uma carranca e falou, "Mas você acha que... Certo, entendo. Acho que é algo inteligente, Sam."

"O que está acontecendo?", inquiriu Jamie.

"Ouça com atenção, filho. Vou contar uma coisa e quero que você se lembre de tudo que eu disser."

Explicou a situação para Jamie, que escutou atentamente. Sam terminou dizendo: "Bom, conte para Bucky também, mas não sei que diferença isso pode fazer para ele.

O menino vive no próprio mundo marciano. Então, quero que você fique mais perto do que nunca do seu irmãozinho. Sei que isso pode estragar um pouco da sua diversão, mas é coisa séria, Jamie. Não é um programa de televisão. Você vai fazer isso?".

"Claro. Por que ele não vai preso?"

"Ele não fez nada."

"Aposto que poderiam prendê-lo. Os policiais têm armas, viu, que eles pegam dos assassinos mortos. Então eles vão até o homem e colocam uma arma no bolso dele, daí podem prendê-lo por carregar uma arma sem autorização e levam ele para a cadeia, entende? E mandam a arma para o laboratório e eles a olham através de um negócio e descobrem que é uma arma assassina, então ele vai para a cadeira elétrica, de manhãzinha no dia seguinte."

"Rapaz!", disse Carol.

"James, meu menino, o motivo pelo qual este é um país muito bom é porque esse tipo de coisa não pode acontecer. Não prendemos gente inocente. Não prendemos gente porque pensamos que elas podem fazer algo. Se isso acontecesse, você, Jamie Bowden, poderia acabar na cadeia porque alguém mentiu sobre você."

Jamie pensou sobre o assunto com a cara amarrada, depois concordou.

"Daí Scooter Prescott me colocaria atrás das grades em um segundo."

"Por quê?"

"Porque agora consigo fazer vinte e oito flexões, viu, e quando eu puder fazer cinquenta vou até ele e acerto um murro naquela cara gorda."

"Ele sabe disso?"

"Claro. Contei para ele."

"Melhor ir para a cama agora, querido", disse Carol.

Ao pé da escada, Jamie se virou e disse: "Mas tem um problema. Scooter também está fazendo flexões, diabos".

Depois que ele subiu, Carol falou: "Como Nancy lidou com isso?".

"De forma inteligente."

"Acho que foi prudente contar a eles."

"Eu sei. Mas faz com que eu me sinta um pouco inútil. Sou o rei desta pequena tribo. Eu devia ser capaz de lançar a ira de Deus sobre Cady. Mas não vejo como poderia. Não com esse físico de escritório. Ele parece ter músculos que ainda nem foram nomeados."

"É Marilyn?"

Ele foi até a cozinha e deixou que ela entrasse. Abanava o rabo, alegre, e se atirou para o pote de comida, olhando chocada e descrente para o espaço vazio nele. Virou-se para olhar para Sam.

"Sem comida, garota. Você está de dieta, lembra?"

Arrastou-se inconsolável até o pote de água, depois até seu canto, deu três voltinhas e, suspirando, largou-se no chão. Sam sentou-se sobre os calcanhares, ao seu lado, e cutucou levemente seu estômago com o dedo.

"Vamos recuperar aquela cinturinha, Marilyn. Você tem que se livrar dessa flacidez."

Virou os olhos para ele e o rabo comprido, acastanhado, balançou duas vezes. Ela bocejou, com um uivinho no final, mostrando as longas presas branquíssimas.

Ele se levantou. "Uma grande fera selvagem. Aterroriza-da por gatinhos. Atormentada por malévolos esquilos. Cada dia é uma dureza, Marilyn, para uma covarde convicta de quatro anos, não é?"

O rabo balançou ao sabor do sono, e ela fechou os olhos. Ele voltou para a sala, bocejando. Carol olhou para ele e também bocejou.

"Peguei de Marilyn, passei para você."

"E eu estou levando para a cama."

"Vá conferir se Nance já deitou", ele disse. "Já, já eu subo."

Apagou as luzes, trancou a porta da frente e depois a abriu de novo. Saiu para o jardim e vagueou até a rodovia. A chuva limpara o ar, que agora cheirava a junho e à promessa do verão. As estrelas pareciam minúsculas e distantes, recém--lustradas. Ouviu um caminhão se afastando pela Rodovia 18 e, depois que o som morreu, o canto de um cachorro longínquo em alguma fazenda além do vale. Um mosquito zumbiu em seu ouvido e ele o abanou com a mão.

A noite era escura e o céu amplo, e o mundo era um lugar realmente grande. Um homem, quase pequeno demais, minúsculo e vulnerável. Sua prole estava na cama.

Max Cady vivia em algum lugar nessa noite, respirando a escuridão.

Deu um tapa no mosquito e caminhou de volta pela grama úmida até a casa, trancou-a e foi para a cama.

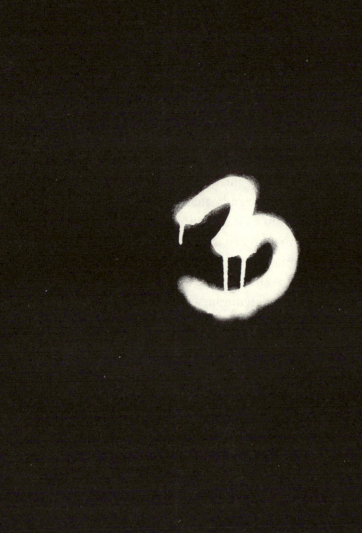

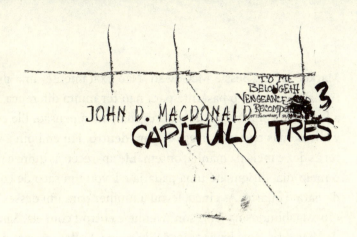

CAPÍTULO TRÊS

Sievers se reportou a Sam em seu escritório, às dez da manhã de terça-feira. Manteve-se com seu jeito muito calmo e não alterou a expressão ao falar em sua voz baixa e aborrecida.

"Vi-o saindo da pensão às seis horas. Caminhou até o bar do Nicholson, três quadras depois da rua do Mercado. Saiu de lá às sete e meia e fez o caminho de volta para pegar o carro, depois voltou ao Nicholson e parou em fila dupla, buzinando, e uma mulher saiu do bar e entrou no carro com ele. Uma loira gorda que ria alto. Dirigiu de volta à pensão e estacionou nos fundos, então eles entraram juntos e saíram de lá uns quarenta minutos depois. Entraram no carro e eu os segui. Ele começou a virar várias esquinas. Não sei dizer se ele me viu ou só estava sendo engraçadinho, ou procurando um lugar para comer. Tive que manter distância. No fim, seguiram para fora da cidade, pela Rodovia 18. Ele entrou em uma estrada secundária, sem tráfego. Tentou me pegar ao virar em uma curva, desacelerando, então precisei passar por ele. Quando saí de vista, dei meia-volta e apaguei os faróis, mas ele não apareceu. Isso quer dizer que ele é esperto. Voltei correndo, mas já havia caminhos demais por onde ele podia ter entrado. Então voltei ao Nicholson. Ele frequenta muito aquele lugar, fiquei sabendo. Lá, é conhecido apenas por Max. A mulher é uma daquelas personagens da

Market Street. Bessie McGowan. Não exatamente uma prostituta, mas perto o bastante para não ter muita diferença. Ele a levou de volta às três da madrugada para a pensão. Ele estava bem, mas teve de carregá-la para dentro. Fui embora e voltei às dez e meia da manhã, ontem. Ele apareceu às quinze para o meio-dia, dirigiu até uma padaria e levou um saco de comida para o quarto. Às cinco, levou a mulher para um desses hotéis vagabundos na Jefferson Avenue e entrou com ela. Saíram de lá às sete, e ela havia trocado de roupa. Voltaram para o Nicholson. Ele saiu sozinho de lá, às nove, e caminhou. Dirigiu-se para a frente do lago. Estava se divertindo. Atento a cada segundo. É esperto, e é bom. Olha para todos os lados ao mesmo tempo. E se mexe. Perdi sua pista. Pensava que havia perdido. Então ele acendeu o maldito charuto bem do meu lado. Quase pulei de susto. Lançou-me um olhar atento, sorriu e disse "Noite boa para isso", daí voltou andando para o bar. Levou a mulher para jantar em uma churrascaria a oito quilômetros fora da cidade, no lago. Voltaram para a pensão novamente às três. Imagino que ainda estejam lá. Eu me atrapalhei e não tenho desculpas. O que você quer que eu faça agora?"

"A agência não deveria colocar outro homem atrás dele?"

"Sou o melhor, sr. Bowden. Não estou querendo enganá-lo. Ele enrolaria o próximo com a mesma facilidade, talvez mais."

"Acho que não estou entendendo. Faz alguma diferença que ele o tenha visto, que possa reconhecê-lo? Você não pode ficar de olho nele mesmo assim?"

"Eu poderia organizar uma equipe para isso, mas mesmo assim pode não funcionar. Três homens e três carros, um segundo turno para que ele tenha vigilância vinte e quatro horas. Mas há muitos meios pelos quais ele pode escapar. Entrar no cinema e sair por qualquer saída. Entrar em uma loja de departamentos, subir as escadas e descer por um caminho diferente, sair por outra porta. Sair pela cozinha de qualquer bodega. Armar algum esquema em um hotel. São muitas possibilidades."

"O que você sugere, Sievers?"

"Desista. Você está desperdiçando dinheiro. Ele sabe que será seguido. Está à espera disso. Vai continuar de olho. E no momento que resolver fugir, vai encontrar um jeito. Esse cara é frio e calculista."

"Você não ajudou muito. Não parece estar entendendo que esse homem quer me ferir. Por isso ele veio aqui. Pode tentar me atingir pela minha família. O que você faria?"

Os olhos baços pareceram mudar de cor, assumirem mais brilho. "Faria com que mudasse de ideia."

"Como?"

"Não diga que fui eu quem disse. Faria alguns contatos. Se o mandasse ao hospital umas duas vezes, ele entenderia. Pegá-lo com uma corrente de bicicleta, por exemplo."

"Mas... talvez ele não esteja planejando nada."

"Se você tem certeza."

"Desculpe, Sievers. Talvez seja fraqueza minha, mas não sei. Não consigo agir fora da lei. A lei é meu negócio. Acredito nas coisas corretas."

Sievers se levantou. "O dinheiro é seu. Um tipo desses é um animal. Então, você luta como um animal. Seja como for, eu faria. Se você mudar de ideia, podemos ter uma conversa particular. Não será através da agência. Você vai perder dinheiro se me mantiver em sua cola."

Parou à porta e olhou para trás, a mão na maçaneta. "Você precisa assumir uma perspectiva nesse assunto. Já alertou a lei. Se ele fizer algo, é certo como o inferno que ele vai ser pego. Mas, de novo, talvez ele não dê a mínima."

"Quanto custaria aquela equipe?"

"Algo em torno de dois mil por semana."

Depois que Sievers saiu, Sam tentou se concentrar no trabalho, mas sua atenção voltava para Cady o tempo inteiro. Enquanto dirigia para casa, quinta-feira à noite, decidiu que não faria sentido contar a Carol que Sievers não estava mais no caso. Seria difícil explicar e a deixaria alarmada sem necessidade.

Carol telefonou-o às três da tarde de sexta-feira. Quando ouviu seu tom de voz, suas mãos agarraram firme o telefone. Ela falava quase sem coerência.

"Carol, as crianças estão bem?"

"Sim, sim. Elas estão bem. É aquela... cachorra estúpida." Sua voz falhou. "Você pode vir para casa? Por favor."

No caminho, parou no escritório de Bill Stetch e contou a ele que tinha problemas em casa. A cachorra provavelmente fugira e ele teria de sair mais cedo.

Chegou rápido em casa. Era um dia cinzento. Carol saiu do celeiro andando rápido, as crianças logo atrás. Ela parecia exausta e triste. Nancy estava pálida, os olhos inchados e vermelhos. Jamie forçava os lábios trêmulos um contra o outro. Bucky se arrastava ao lado, os punhos sobre os olhos, berrando rouco, e Sam teve certeza de que ele estivera chorando por muito tempo.

Carol se virou, com a voz severa, e disse: "Nancy, leve os meninos para casa, por favor".

"Mas eu quero..."

"Por favor!" Carol raramente falava com eles de modo tão áspero.

Eles voltaram para casa. Bucky ainda urrava. Carol se virou para Sam e seus olhos se encheram d'água. "Deus me livre de outros quarenta minutos como os que tive hoje."

"O que aconteceu? Ela fugiu? Está morta?"

"Morta, mas não tinha fugido. O dr. Lowney veio na hora. Foi completamente fantástico. Não conseguíamos colocá-la no carro para levá-la. O *timing* foi absolutamente perfeito. Ouvi o ônibus da escola parando e indo embora, e então ouvi o grito de Nancy. Saí correndo que nem bala. Depois me disseram que quando o ônibus estava parando Jamie olhou pela janela e viu Marilyn no jardim da frente, devorando alguma coisa. Veio saltitando até as crianças, como sempre fazia, depois começou a ganir e girar em círculos, tentando morder as próprias costelas. Então teve algum tipo de convulsão. Foi quando Nancy começou a gritar." As lágrimas banhavam o rosto de Carol. "Quando cheguei lá, a cachorra agonizava. Nunca vi nada tão horrível e assustador. E as três crianças olhando. Tentei me aproximar, mas ela tentou me morder com tanto desespero que não tive coragem de tocar nela. Falei para as crianças não encostarem nela e corri para ligar ao dr. Lowney. Olhei pela janela e ela ainda tinha espasmos, as crianças não estavam muito perto, então liguei para você. Ela rolava e convulsionava, fazendo o barulho mais horroroso que já ouvi vindo de um cão. Eu não queria que as crianças vissem aquilo, mas não podia tirá-los de lá. Então ela começou a falhar, como um relógio, uma máquina ou algo do tipo. O dr. Lowney chegou bem no fim. Ela morreu um minuto depois. Então ele a levou com ele, faz mais ou menos vinte minutos."

"Disse se a envenenaram?"

"Disse que parecia."

"Mas que inferno!" Seus olhos ardiam.

"Só assistir a isso já seria ruim o bastante, mas com as crianças vendo também! Vai ser uma alegria só, esse fim de semana."

"Você pode cuidar das crianças por um tempo?"

"Onde você vai? Ah, até o veterinário."

"Sim."

"Não demore, por favor."

O dr. Lowney era um homenzarrão calmo, de cabelos brancos, olhos azuis claros e maneiras tranquilas. Quando Sam entrou na sala de espera, a sra. Lowney, atrás da mesa, acenou com a cabeça e foi imediatamente para os fundos, voltando logo em seguida e dizendo: "O doutor gostaria que você entrasse agora, sr. Bowden. Siga direto até o fundo".

Uma mulher que aguardava com um poodle preto no colo encarou Sam com firmeza. Ele seguiu. Lowney estava em pé a uma bancada de trabalho. Marilyn, sobre uma mesa de madeira no centro da pequena sala. A vida a havia abandonado. Parecia uma pedaço de trapo castanho, deitada ali, com o branco dos olhos à vista.

Lowney se afastou da bancada. Não houve cumprimentos, nenhuma afabilidade. "Não tenho os melhores testes laboratoriais do mundo, Sam, mas estou bem certo de que foi estricnina, e uma dose cavalar. Foi colocada em carne crua. Provavelmente fizeram um talho na carne e enfiaram os cristais nela."

Uma das orelhas estava dobrada para trás. Sam ajeitou-a. "Isso me deixa tão bravo que sinto enjoo."

Lowney ficou parado do outro lado da mesa, e os dois olharam para a cachorra morta. "Não aparecem muitos desse, graças a Deus. Estou nesse ramo pura e simplesmente porque sempre fui louco por animais, desde que comecei a engatinhar. Sou da opinião de que envenenar um animal é uma coisa mais cruel e insensível que assassinar um ser humano. Eles não podem entender. É uma vergonha tremenda que as crianças tenham visto isso."

"Talvez fosse para eles verem."

"O que você quer dizer com isso?"

"Não sei. Não sei o que eu quis dizer."

"Sam, eu gostaria que você tivesse me deixado levá-la ao adestramento, ano passado."

"Parecia trabalhoso demais, de qualquer maneira."

"Ela jamais teria tocado naquele pedaço de carne."

"Ela estava de dieta. Era uma pedinte incorrigível. Tinha medo da própria sombra. Mas era um diabo de cachorro incrível. Tinha personalidade. Maldito seja."

"Não há muito que possa ser feito agora, você sabe. Mesmo que pudesse provar quem fez isso, seria apenas uma multa, e nem muito alta. Imagino que não queira que eu me encarregue dela."

"Não, acho que devo levá-la de volta."

"Por que você não volta para casa e decide onde enterrá-la, cava um buraco grande o bastante, e eu a levo às cinco, depois de fechar aqui. Vou enrolá-la em algo. Não há razão para que as crianças a vejam de novo. Ela não está muito apresentável."

"Não quero dar trabalho."

"Trabalho, ora. Vá cavar esse buraco."

Quando Sam entrou em casa, Carol havia conseguido acalmar Bucky. Ele assistia, inerte, à televisão na sala de estar. Seu rosto estava inchado e, a intervalos metronômicos, um soluço o sacudia inteiro. Carol estava na cozinha. Ele percebera, com aprovação imediata, que os potes e trapos de Marilyn já haviam sido tirados de vista.

"Onde estão Nance e Jamie?"

"Nos quartos. O dr. Lowney sabe o que..."

"Estricnina."

Falavam aos sussurros. Ela se colocou em seus braços e ele a envolveu. Com o rosto em seu pescoço, ela disse: "Continuo dizendo a mim mesma que era só uma cachorra idiota. Mas...".

"Eu sei."

Ela voltou para a pia. "Quem faria uma coisa horrível dessas, Sam?"

"Difícil dizer. Alguém com a cabeça bagunçada."

"Mas não é como se ela estivesse por aí matando galinhas ou destruindo jardins. Ela nunca saía daqui a não ser que fosse com as crianças."

"Tem quem simplesmente não goste de cachorros."

Ela se virou, enxugando as mãos em um pano de prato, a expressão severa e firme. "Você nunca está em casa quando o ônibus da escola chega, Sam. Marilyn conhecia o som que ele fazia ao subir a colina. E não importava onde estivesse, ela sempre corria para o fim da estradinha e ficava lá esperando até que o ônibus parasse. Se alguém seguisse o ônibus, de carro, saberia disso. E aí saberia a hora certa de estar lá para jogar aquela coisa envenenada bem onde a cachorra estaria, quando corresse para esperar o ônibus."

"Pode ter sido só uma coincidência."

"Acho que você sabe mais que isso. Acho que sente a mesma coisa que eu. Não estou sendo histérica. Há cachorros por toda a Milton Road, tenho tentado pensar em quem não tem um cão, e os únicos são os Willesey. E eles moram a mais de um quilômetro daqui, e têm todos aqueles gatos. Não envenenariam um cachorro, de qualquer modo. Já moramos aqui faz sete anos, eu nunca ouvi dizer que já aconteceu algo assim. Então, se é a primeira vez, por que com *nossa* cachorra?"

"Olha, Carol..."

"Não me venha com 'olha, Carol...'. Nós dois estamos pensando a mesma coisa e você sabe disso. Onde está aquele fantasticamente eficiente detetive particular?"

Sam deu um suspiro. "Tudo bem. Ele não está mais no caso."

"Quando foi isso?"

"Quarta à noite."

"E por que ele parou?"

Sam explicou-lhe os motivos de Sievers. Ela ouviu com atenção, sem esboçar reação, continuando mecanicamente a enxugar as mãos no pano.

"E quando você soube disso tudo?"

"Ontem de manhã."

"E não disse uma palavra ontem à noite. Era para eu continuar acreditando que estava tudo ótimo. Você pensou em tudo. Não sou uma criança nem uma tola, e não gosto de ser... superprotegida."

"Eu devia ter contado. Desculpe."

"Daí agora esse Cady pode aparecer por aqui à vontade, envenenar nossa cachorra e dar um jeito de pegar as crianças. Com quem você acha que ele vai começar? A mais velha ou o mais novo?"

"Carol, querida, por favor."

"Sou histérica? Você está coberto de razão. Sou uma mulher histérica."

"Não temos prova nenhuma de que foi Cady."

Ela atirou o pano na pia. "Vê se me escuta. *Eu* tenho provas de que foi Cady. Eu tenho essa prova. Não é o tipo de prova que você gosta. Nenhuma evidência. Nenhum testemunho. Nada legalista. Eu simplesmente *sei*. Que tipo de homem é você? Esta é nossa *família*. Marilyn era parte da nossa *família*. Você agora vai dar uma olhada em todos os precedentes e preparar a causa?"

"Você não sabe como..."

"Eu não sei nada. Isso está acontecendo por causa de algo que você fez há muito tempo."

"Algo que tive de fazer."

"Não estou dizendo que não devia. Você diz que o homem o odeia. Que acha que ele é louco. Então *faça* alguma coisa a respeito!"

Dera um passo na direção dele, encarando-o furiosa. Então, seu rosto desmoronou e ela estava outra vez em seus braços, agora tremendo. Ele a abraçou e a carregou até a bancada próxima à mesa, sentando-se ao lado e segurando sua mão.

Ela tentou sorrir e disse: "Detesto mulher chorona".

"Você tem todo o motivo do mundo para estar preocupada, querida. Sei como se sente. E sei que você tem toda razão em reclamar. Eu dou roupa, comida e abrigo. Muito civilizado. Seria desgraçadamente mais fácil lidar com Cady em épocas mais primitivas, ou em alguma parte mais primitiva do mundo. Sou membro de uma sociedade complexa. Ele é o forasteiro. Reuniria meu bando e o mataríamos. Eu bem que gostaria de matá-lo. Pode até ser que eu consiga. Você está reagindo em um nível primitivo. É isso que seus instintos estão dizendo que eu deveria fazer. Mas sua razão vai dizer o quanto isso é impossível. Eu seria preso."

"Eu... eu sei."

"Você quer que eu seja eficiente e decisivo. É precisamente o que eu quero ser. Não acho que eu possa assustá-lo. Não posso matá-lo. A polícia está ajudando menos do que eu esperava. Consigo pensar em duas coisas. Posso procurar o delegado Dutton na segunda-feira e ver se ele consegue ajudar como Charlie disse que poderia. E se isso parecer não funcionar, podemos mudar para longe."

"Como?"

"As aulas terminam semana que vem."

"Quarta é o último dia."

"Você pode pegar as crianças, encontrar um lugar para ficar e me telefonar quando estiver tudo arranjado."

"Mas você não iria..."

"Posso fechar a casa e ir para um quarto de hotel na cidade. Serei cuidadoso. Isso não pode durar para sempre."

"Mas enquanto isso..."

"Não tenho certeza de nada. Mas posso tentar adivinhar como a mente dele funciona. Ele não está com pressa. Vai nos dar algum tempo para pensarmos no que fazer."

"Podemos ser ainda mais cuidadosos, de todo modo?"

"Eu dirijo o carro na próxima semana. Você leva as crianças na caminhonete e as busca na saída do colégio. Vou mandar que eles permaneçam lá. E amanhã você treina a pontaria com a Woodsman."

Ela entrelaçou seus dedos aos dele. "Desculpe por eu ter estourado. Não devia. Sei que você vai fazer tudo que puder, Sam."

"Eu tinha que cavar uma cova para Marilyn. O dr. Lowney deve trazê-la para cá. Onde você acha que pode ser?"

"Que tal aquela encosta atrás do celeiro, perto das faias? Foi onde enterraram o passarinho, daquela vez."

"Vou me trocar."

Ele vestiu um macacão desbotado e sujo de tinta com a camisa azul velha. Tinha a sensação de que Carol estava certa. Cady envenenara a cachorra. Achou curioso estar inclinado a aceitar aquilo com tão pouca prova. Era o contrário de seu treinamento, de todos os seus instintos.

Foi ver Jamie em seu quarto. O rádio de plástico, sua caixa vermelha remendada com fita isolante, estava ligado. Jamie folheava um de seus velhos catálogos de armas, sentado na cama. Olhou para o pai e perguntou: "Foi mesmo veneno, não foi?".

"Sim, foi."

"E aquele homem que odeia a gente fez isso?"

"Não sabemos quem foi, filho."

Os olhos jovens eram azuis, pálidos e determinados. Estendeu o catálogo para Sam. "Vê isso aqui? É um bacamarte. Com tambor de latão. Mike e eu estamos tentando arrumar um pouco de pólvora e esse bacamarte, e eu vou colocar um carregador duplo nele, daí vou encher tudo com trinta pregos enferrujados e outras coisas e vou acertar aquele velho do Cady bem nas tripas. Pow!" Lágrimas se equilibravam em seus olhos.

"Mike sabe disso?"

"Liguei para ele quando você saiu. Ele também chorou, mas estava fingindo que não. Disse que queria vir aqui, mas falei que eu não queria."

"Quer me ajudar a escolher um lugar para a cova?"

"Vamos."

Pegaram uma pá no celeiro. Um montinho de seixos segurava a cruzinha que marcava o túmulo de Elvis, o periquito morto. Elvis vivia solto na casa quando Bucky, então com quatro anos, pisou nele. A sensação de culpa e horror do menino durou por tanto tempo que eles haviam começado a se preocupar.

Sam cavou um bom pedaço e depois deixou com Jamie. O menino trabalhou com uma obstinação violenta, a cara fechada. Enquanto Sam olhava, Nancy se aproximou dele, andando devagar.

"É um bom lugar", disse. "Você a trouxe de volta?"

"O doutor está para trazê-la."

"Vi vocês pela janela. Maldito seja isso tudo, a propósito."

"Calma, garota."

"Mamãe acha que foi aquele louco que fez isso."

"Sei que ela acha. Mas não temos provas."

Jamie parou de cavar. "Eu poderia cavar um buraco maior. Poderia cavar um buraco maior para ele e jogá-lo nele com cobras e uns negócios, e encher de pedras e soterrá-lo com tudo."

Sam podia ver que o menino estava sem fôlego. "Minha vez. Dê essa pá aqui."

Ficaram ali, olhando, até que ele terminasse. Lowney chegou. Tinha a cachorra enrolada em um tapete velho, esfarrapado e cáqui. Sam tirou-a do carro e a carregou até o buraco. Era extremamente pesada. Cobriu-a rapidamente e alisou a terra com a pá. O dr. Lowney recusou a bebida que ofereceram, dirigindo de volta para a cidade.

O jantar foi triste. Durante ele, Sam definiu novas regras. Esperava uma ou outra objeção, mas as crianças aceitaram tudo sem comentários.

Depois que as crianças estavam na cama, Sam e Carol sentaram-se na sala de estar.

"É tão difícil para eles", falou Carol. "Especialmente para Bucky. Ele tinha dois anos quando a pegamos, era meio que sua cachorra."

"Vou levá-los para trabalhar amanhã. Fazer com que arrumem o barco. Vai fazer com que pensem em outra coisa."

"E um pouco de tiro?"

"Você parece ansiosa. Da última vez, estava bem relutante."

"Porque não parecia fazer muito sentido."

Leram por algum tempo. Ele se levantou inquieto e olhou para a noite pela janela. Havia um estrondo distante de trovões de junho. Soava como se vindo do norte, além do lago. Marilyn sempre tivera uma reação padrão aos trovões. A cabeça se levantava, inclinada. Então, as orelhas caíam para trás. Ela se levantava e soltava um latido longo e artificial, ficava em alerta, olhava para eles com uma expressão demorada e saracoteava na direção do sofá. Com outro olhar de desculpas, enfiava-se embaixo dele. Uma vez, quando um trovão alto veio sem aviso prévio, ela saíra em disparada através da sala e calculara mal o espaço sob o sofá, batendo a cabeça com força em sua borda. Ricocheteou, cambaleando, recobrou-se e se arrastou para o cobertor, com todos rindo a não ser Bucky.

"Era como se fosse um círculo mágico", disse Carol.

Ele se virou para olhá-la. "Acho que sei o que quer dizer."

"Os intocáveis. E agora alguma coisa saiu das trevas e arrastou um de nós. O encanto não está mais funcionando."

"Esse negócio de viver é uma ocupação bastante precária."

"Não venha com filosofia para o meu lado. Deixe-me com minhas superstiçõezinhas ridículas. Tínhamos uma adorável utopiazinha."

"E teremos de novo."

"Não vai ser a mesma coisa."

"Você teve um dia ruim."

Ela se levantou, espreguiçando-se. "E vou acabar com ele agora mesmo. Foi realmente um dia estafante. Peculiar."

O trovão soou novamente, mais perto. "Vamos trancar a casa."

"Eu faço isso. Pode ir deitar. Eu já vou."

Depois que ela subiu, ele foi para trás da casa e ficou olhando o céu a noroeste. Havia clarões rosados além da linha do horizonte. Teria sido mais fácil para todos eles, pensou, se Marilyn fosse um animal valente, imponente e corajoso. Mas ela fora uma criatura sem sorte, cheia de sustos e temores, ganindo a qualquer ameaça de tormento, sempre com o rabo entre as patas. Era como se todos seus medos tivessem se tornado realidade, como se ela sempre houvesse sabido da agonia especial que a aguardava.

55

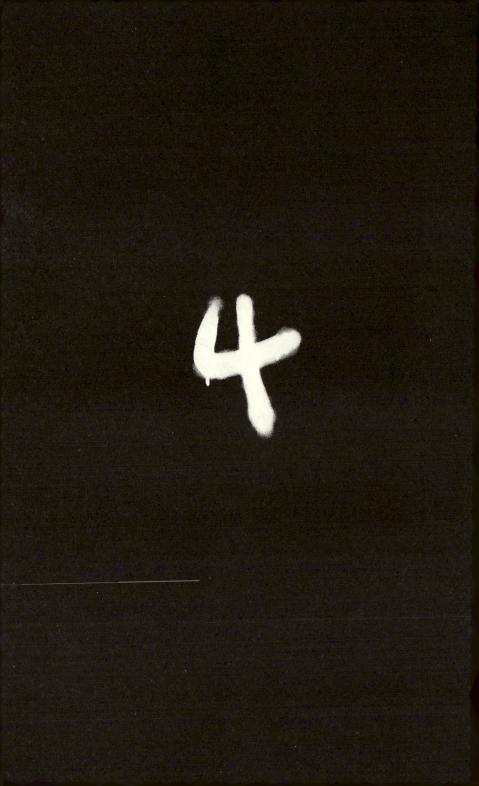

CAPÍTULO QUATRO

JOHN D. MACDONALD
My time is at hand
NT: MATTHEW, XXVI

Todos os cinco Bowden tomaram café da manhã, finalmente, ao mesmo tempo. Discutiram sobre a violência da tempestade que desabara durante a noite. Jamie e Bucky não tinham ouvido absolutamente nada. Nancy disse que acordara com a tempestade, vestira o roupão e sentara à janela para observar. Nem Sam, nem Carol mencionaram que, acordada pela tormenta, Carol se enfiara na cama de Sam, agarrando-o bem apertado para acalmar seu medo. Marilyn não foi mencionada. Mas Bucky tinha olheiras fundas em seu rosto.

"Tarefas", disse Sam. "Atenção, todos os Bowden. Nancy vai ajudar a mãe a arrumar a cozinha e fazer as camas, enquanto os meninos me ajudam a encontrar as coisas para o barco e a colocá-las no carro. Depois vamos precisar de um lugar para praticar pontaria. Você está incumbido de achar as latas, Jamie. Daí vamos trabalhar no barco."

A linha de tiro ficava um pouco afastada do morro suave que subia detrás da casa, na frente de um barranco. Jamie arranjou meia dúzia de latas vazias na lixeira, amarrou-as e as pendurou em um galho de bordo bem perto do barranco. Usaram uma caixa e meia de munição na automática calibre .22. Sam e Nancy eram os melhores atiradores. Jamie, como sempre, ficou furioso consigo mesmo assim que Nancy o superou. Carol se saiu melhor do que das outras vezes. Não tentou desistir de seu turno. Ouviu com atenção as dicas que Sam dava. Também não vacilou tanto com o coice. Sam, de pé atrás dela, podia ver a força em seu maxilar e sua cara de concentração. As crianças estavam muito mais quietas do que de costume. Aquilo era um jogo que jogavam muitas vezes. Hoje, era mais que uma brincadeira. Havia um novo sabor naquilo, que todos sentiam.

No último turno de Bucky, ele acertou três das latas já todas furadas, a dois metros de altura e com um pente de oito balas. Ficou vermelho de orgulho e com as congratulações.

"Devo tirar as latas?", perguntou Jamie.

"Deixe-as lá", Sam respondeu. "Talvez treinemos um pouco mais amanhã de manhã. Se terminarmos com o barco."

"E a lição de casa deles?"

"Hoje e amanhã à noite", disse Sam.

"Eu ia ao *drive-in* hoje à noite", falou Nancy em um tom de reclamação.

"Já se esqueceu das novas regras?", quis saber Sam.

"Não, mas poxa, pai, eu já tinha combinado."

"E de quem é o carro que vai levá-la ao *drive-in*?"

"Bom, ele se chama Tommy Kent e é mais velho, tem dezoito, então pode dirigir à noite, daí é um encontro duplo, tipo isso, e Sandra vai com Bobby."

"Essa é a família que tem a loja de móveis?", perguntou Carol.

"Sim, e vai ficar tudo bem, juro. Eles vêm me buscar aqui e me trazem de volta assim que o filme acabar. É com John Wayne. Eu ia pedir na sexta-feira, mas... com a história de Marilyn, esqueci. Posso ir, por favor? Só dessa vez."

Sam olhou para Carol e viu o quase imperceptível aceno.

"Tudo bem. Mas só dessa vez. E como você foi em História?"

"Muito bem, acho."

"Crianças, vocês vão se aprontar. Estamos saindo para o estaleiro agora mesmo."

Eles correram pela colina. Sam e Carol os seguiram mais devagar. Ele disse: "Você me desautorizou".

"Eu sei, mas acho que vai ficar tudo bem. E você não faz a menor ideia do tanto que ouvi falar em Tommy Kent, Tommy Kent, Tommy Kent. Antes e durante a época do Pike Foster. Ele é um figurão na escola. Grande atleta. É quase uma medalha de ouro para alguém do colegial ir a um encontro com ele."

"Imagino. Mas eu queria que ela enjoasse desse tipo musculoso."

"Esse agora não é tão bobo como o coitado do Pike. Tommy me atendeu na loja, um sábado. Quando fui comprar aquela lâmpada para o escritório, em agosto. Ele é um jovenzinho bem razoável."

"Provavelmente razoável demais, diabos. Sofisticado demais para Nance. Ela só tem catorze anos. Não quero que fique passeando de carro pela noite, indo a esses *drive-in*. Como é que chamam esses lugares? Poço do amor. E fazem piadas sobre nunca verem os filmes."

"Agora, deixe de ser o pai tradicional, querido. Se não demos a Nance bons valores morais até agora, já é tarde para começar. Ela tem quase quinze anos. Sandra vai estar junto. E nenhuma dupla de rapazinhos determinados vai separá--las. Provavelmente ela vai ser beijada."

"Tenho calafrios ao pensar nisso."

"Coragem, querido. Ela vai estar segura, e isso é melhor do que tê-la melancólica pelos cantos. O sumiço de Pike realmente abalou sua confiança. E esse encontro consertou tudo de novo."

"A desgraça do carro provavelmente não tem freios, os faróis devem ser fracos e os pneus, carecas."

"Acontece que é um sedan Plymouth novinho em folha, de duas portas."

"Esqueci do preço enorme dos móveis. O que Jamie tem?"

Jamie deixara os outros dois seguirem à frente. Havia parado perto da cova de Marilyn, esperando pelos pais. Quando chegaram, ele disse com firmeza: "Vamos arrumar um monumento de mármore bem grande. Com datas e o nome dela".

"Precisamos mesmo de alguma coisa, filho", Sam disse. "Mas um monumento de mármore bem grande seria um exagero, não seria?"

"Como assim?"

"Tem que ser algo mais simples. Aposto que se você e Mike procurarem pela margem do riacho vão encontrar uma boa pedra lisa. Então a gente pode gravar o nome nela."

Quando Jamie pareceu duvidoso, Carol falou: "Acho que vai ficar muito bonito, meu bem".

O menino suspirou. "Certo. Vamos procurar. Desde que acordei estou sentindo como se ela estivesse por aqui. Tipo do meu lado. Como se eu virasse a cabeça rápido o bastante, daria para vê-la."

Carol puxou seu corpo contra o dela. "Eu sei, querido. Todos sentimos a mesma coisa."

Jamie olhou para o pai, por entre os braços da mãe. "Podemos ver onde ele come e entrar escondidos na cozinha e colocar alguma coisa na comida dele, e aí, quando ele comer, a gente vai estar espiando por aquela janela redonda que eles têm nas portas dos restaurantes, e ele vai se contorcer e chutar as mesas, e todo mundo vai gritar até que ele fique quieto e morto."

"Essas calças são boas demais para trabalhar no barco", Carol disse. Deu um empurrãozinho no menino. "Vá correndo para casa e coloque o par de calças jeans mais carcomido que você encontrar no armário."

"Aquele que você disse que não dava nem para remendar?"

"Seria perfeito."

Jamie correu. Carol disse: "Fico me perguntando se ele é saudável, com o jeito que sua imaginação funciona. Algumas das coisas que inventa são chocantes".

"Aos onze anos, civilização ainda é uma capinha fina. Embaixo dela é tudo selvageria."

"Senhor, você está falando da criança que amo."

"Eles andam em bandos, azucrinam os mais fracos e mais diferentes, divertem-se imaginando as torturas mais horrendas. É parte da sobrevivência, querida. Em tempos de guerra, nas cidades grandes, eles sobrevivem, enquanto os menorezinhos, mais suavizados pelos bons modos, definham."

"Às vezes você fica ridiculamente objetivo. Estou pensando em Jamie. Ele tem ideias tão violentas."

"Falando em ideias violentas, você consegue ficar com a arma sem dar muito na vista?"

"Acho que sim. Tenho a bolsa grande de palha."

"Não vai fazê-la parecer muito melodramática?"

"Você não vai me deixar desconfortável com relação a isso. É uma arma. Ela atira. E eu não sou nada medrosa. Você mostrou como a trava de segurança funciona, vou manter uma bala carregada. Minhas crias estão sob ameaça, Samuel, e estou me tornando tão primitiva quanto Jamie. Enquanto estava atirando lá atrás, fiquei pensando se seria capaz de apontar a arma a um ser humano, puxar o gatilho, manter a mira e não vacilar. Então pensei em Marilyn, e agora sei que sou capaz."

"Você me impressiona."

O Iate Clube de New Essex fica seis quilômetros a leste da cidade. Possui uma marina grande, docas, um molhe particular, uma ampla construção para o clube, com terraços, bares e salões. Os donos de cruzeiros chamam a tripulação dedicada de Marujos de Magalhães. Os marinheiros chamam os cruzeiros de iate de Pestilentos. Iates enormes param em New Essex porque as instalações são boas. No verão, há visitantes de Miami e de Fort Lauderdale. No inverno, vários dos proprietários locais de cruzeiros grandes se dirigem para o sul.

Depois que Sam e Carol progrediram do *Bela Sioux II* — um bote salva-vidas adaptado, originalmente de uma balsa obsoleta — para o *Bela Sioux III* — uma lancha instável de vinte e seis pés, com seus dezesseis anos e cobertura conversível —, ingressaram no Iate Clube de New Essex. Os custos eram altos, e a agenda social era intensa. O *Bela Sioux*, não importava quão bem pintado e envernizado estivesse, jamais parecia à vontade em meio a toda aquela teca, latão, cromo e mogno. Tinha uma aparência larga e indecente, como uma lavadeira vestida para a ópera.

Parecia se ressentir ativamente do novo ambiente. A cada partida, tentava bordejar e acertar alguma das grandes embarcações atracadas em volta. Tinha apenas uma hélice e um motor de sessenta e cinco cavalos de potência que pouca gente conhecia. Era um motor pesado, confiável e absurdamente silencioso, capaz de propelir o *Bela Sioux* a bamboleantes dez nós. Mas no Iate Clube de New Essex, o motor também se rebelara. Morreu duas vezes, no meio da marina, enquanto eles entravam. E por duas vezes fora preciso aceitar um reboque. Desde então, Sam mantinha um motor de popa de cinco cavalos embrulhado e guardado na proa.

O clube custava caro e muitos de seus membros eram exageradamente enfadonhos. E era uma longa viagem desde Harper. Quando chegou a época de pagar a segunda anuidade, Sam e Carol conversaram sobre o assunto e ficaram ambos felizes e surpresos ao descobrirem o quanto o outro desistiria fácil do clube.

Filiaram-se ao Clube Náutico de Harper. Era dezesseis quilômetros mais perto, na margem do lago entre New Essex e Harper, ao final da estrada que saía da Rodovia 18. O prédio do clube podia ser apropriadamente chamado de cabana. A marina era pequena e tumultuada. Ao lado do clube ficava o estaleiro de Jake Barnes. Era um empreendimento informal, uma confusão. Ele vendia barcos, combustível, óleo, equipamentos, varas de pesca e cerveja gelada. Era um gordo modorrento que herdara aquele negócio do pai, quando este morrera. Era um artífice muito bom, mas preguiçoso. Possuía umas estruturas débeis onde era capaz de içar qualquer coisa mais de dez metros fora d'água. Era habilidoso com motores marítimos e de popa e, quando pressionado, podia fazer grandes reparos nos cascos. O lugar era uma incrível bagunça de madeirames, ferragens corroídas, latas vazias de óleo, cascos já impossíveis de reparar, linhas apodrecidas e telhas arqueadas cobrindo o depósito.

A maioria dos membros do Clube Náutico de Harper era ardentemente adepta do faça-você-mesmo. Isso parecia agradar a Jake, que cobrava um valor simbólico para tirar os barcos da água. Parecia o mais feliz dos homens quando podia ficar com a camiseta imunda, calças manchadas, bebendo sua cerveja e vendo a clientela trabalhar nas embarcações. Os filhos dos membros do clube vizinho adoravam Jake. Ele contava todo o tipo de mentiras absurdas sobre suas aventuras.

O *Bela Sioux* aceitou gentilmente a mudança. Aqui, parecia quase moderno. Depois da ópera, a lavadeira voltara ao boteco familiar e estava contente. O motor não enguiçava mais. E Sam e Carol se divertiam muito mais nos eventos do clube. O grupo era mais jovem.

Sam estacionou o carro nos fundos do estaleiro de Jake e conferiu as coisas que trouxera. Lixa, material de calafetagem, tinta anti-incrustante para o casco, tinta para o convés e verniz.

Jake, com uma lata de cerveja na mãozona suja, caminhou vagarosamente para cumprimentá-los enquanto se aproximavam pelo lado do galpão principal.

"Oi, Sam. Tá boa, sra. Bowden? Olá, crianças."

"Ele já está fora?", perguntou Nancy.

"Claro que sim. Lá no último picadeiro. Precisa de alguns reparos mesmo. Dei uma olhada ontem. Quero mostrar uma coisa, Sam."

Andaram até o *Bela Sioux*. Fora da água, parecia ter o dobro do tamanho e mais metade de feiura.

Jake terminou a cerveja e jogou a lata de lado, pegou um canivete, abriu-o e se aproximou de uma viga. Com Sam olhando, enfiou a lâmina atrás da quilha, bem perto da hélice. A lâmina abriu caminho com uma facilidade alarmante. Jake se levantou e lançou um olhar sugestivo a Sam.

"Podre?"

"Um pouco podre. O último metro, meio metro da quilha."

"É perigoso?"

"Eu diria que se o camarada deixar desse jeito por muito tempo, pode ser que uma hora dê dor de cabeça."

"Devo fazer algo agora?"

"Olha, eu não diria imediatamente agora. Ocupado como estou, essa altura do ano, demoraria um tempo até que eu conseguisse fazer algo. Então eu diria para cortar um pedaço aqui. Arranca essa parte toda. Depois arrumamos um bom pedaço para substituir e o aparafusamos aqui, com algumas chapas de reforço dos dois lados e parafusos segurando tudo. Conferi todo o resto e o barco ainda está uma beleza."

"Quando devo arrumar isso, então, Jake?"

"Eu diria que depois que eu o colocar para fora em outubro é tempo suficiente. Assim você pode usá-lo o verão inteiro. Agora, venha até aqui e eu mostro onde está a parte ruim. Bem aqui. Olha. A madeira está um pouco rachada e se abriu aqui nesta fenda. A água passa direto, bem nesse ponto."

"Não é um pouquinho grande para calafetar?"

Jake se abaixou sob o barco e pegou uma ripa de madeira na trave do picadeiro. "Eu aparei esse pedaço aqui e ele pareceu servir bem. Estava para cobri-lo de cola à prova d'água e colocá-lo aí, mas não cheguei a fazer isso. Acho que você consegue se virar. Vou mostrar onde está o pote de cola, Sam. Agora, quero ver seus meninos trabalhando um pouco hoje. Nada de ficar correndo por aí como da última vez, Bucky. Lixe direito e você vai ganhar um montão de músculos. Trouxe a velha Marilyn para ajudar?... Que foi? Falei algo errado?"

"Vamos pegar aquela cola", disse Sam. No caminho para o galpão, contou a Jake sobre a cachorra.

Jake cuspiu certeiro dentro de um tambor vazio de óleo. "Precisa ser um tipo especial de filho da puta para envenenar um cachorro."

"Eu sei."

"Tinha um cara aqui antigamente, na época do meu pai. A maioria das pessoas diz que peixes não têm sentimentos. Sangue frio e tudo mais. Mas ele costumava limpar seus peixes aqui, e os tirava do anzol ainda vivos, limpava as escamas e cortava em postas enquanto ainda se debatiam.

Parecia nem ligar. Finalmente, botamos o cara para correr. Um comprador de anzol a menos. Tem gente que faz esse tipo de coisa. E tenho certeza de que foi um inferno para as crianças. Ela não era uma cachorra muito boa para a briga, mas com certeza era amigável. Aqui está a cola. Deixe-me pegar a tampa para você. Use esse martelo de borracha e não tente fazer as coisas muito rápido. Batidinhas, e mantenha nivelado. A cadela perdigueira do Don Langly teve outra ninhada há duas semanas. Pulou a cerca de novo. Don acha que foi um chow-chow que a pegou agora, mas os filhotinhos são lindos. Ele está procurando adoções para quando eles forem desmamados."

"Obrigado, Jake. Talvez mais para a frente."

"Às vezes é bom arranjar outro de uma vez. Use um pouco mais de cola. Encharque mesmo. Você pode tirar o excesso."

Depois que a família o viu colocar o remendo no lugar, Sam dividiu as tarefas. Todos passaram a trabalhar, usando as lixas. O sol estava quente e aquele era um trabalho cansativo. Depois de meia hora, Sam tirou a camiseta e a pendurou em um cavalete. A brisa fresca do lago gelava o suor em suas costas. Bucky estava surpreendentemente solene e diligente.

Quando Gil Burman se aproximou, parando, Sam aproveitou a desculpa para fazerem uma pausa. Jamie e Bucky foram correndo com um dólar para comprar duas cervejas e três Coca-Colas de Jake.

"Você tem essa tripulação bem organizada", disse Gil. Aos quarenta e dois anos, era vice-presidente do Banco Fiduciário de New Essex. Mudara-se para Harper havia um ano. Era um homem grande, prematuramente grisalho. Sua esposa era uma ruiva jovial e falante. Sam e Carol gostavam e se divertiam com Gil e Betty.

"Ele tem o pulso firme", disse Carol.

"Perdi meus ajudantes para a corrida de carrinhos de bebê, essa tarde. Eles estão se organizando."

"O *Rainha da Selva* precisa de conserto?"

"Alguma vez não precisou? Está com o painel podre, agora. Maldita máquina velha. Por que a mantemos, nunca vou saber. Carol, Betty já entrou em contato com você para falar de sexta-feira?"

"Não, ainda não."

"Um bom e velho churrascão, crianças. Bifes assados no jardim. Martínis devidamente consumidos. Conversa bêbada e briga entre famílias no fim. Temos de fazer isso para alguns tipinhos sórdidos, então precisamos dos amigos por perto para melhorar a situação."

Carol olhou para Sam e disse a Gil: "Adoraríamos. Mas pode haver um problema, porque talvez eu esteja fora da cidade. Posso confirmar com Betty daqui a uns dias?".

"Assim que puder. É um festão."

Os meninos voltaram com as cocas e cervejas. Sam se afastou com Gil para tratar de negócios. O banco agia como fiador em várias causas representadas por Dorrity, Stetch e Bowden. Enquanto conversavam, Sam olhou longamente para sua família. Carol os estava levando de volta ao trabalho. Nancy vestia shorts vermelhos realmente curtos, velhos e desbotados, e um corpete de linho amarelo. Suas pernas eram compridas, pardas e elegantes, formosíssimas. Usava a lixa com ambas as mãos, com a cintura levemente curvada. Os músculos suaves e jovens se contraíam e estiravam sob o brilho e textura de suas costas.

Quando Gil foi embora, voltou a trabalhar, compenetrado, e à uma da tarde Carol anunciou ser hora do almoço. Seguiriam para casa, almoçariam e depois estariam de volta.

Foi então que Nancy anunciou, com bastante afetação, que havia contado a Tommy Kent o que eles estariam fazendo, e ele dissera que poderia aparecer para ajudar, então, se estivesse tudo bem, ela ficaria e continuaria trabalhando e eles poderiam trazer um sanduíche na volta, por favor. Sam levou Carol e os meninos para casa. Mike Turner estava sentado na entrada, esperando por Jamie. Carol preparou sanduíches caprichados e um jarro enorme de chá gelado. Enquanto embrulhava o sanduíche de Nancy, disse: "Está se coçando para voltar ao trabalho?".

"Queria pintar aquele casco antes de anoitecer."

"Vou tentar fazer com que Bucky durma um pouco. Ele está destruído. Vai reclamar, mas em dez segundos vai estar desmaiado. Você vai na frente, daqui a mais ou menos uma hora eu volto com os meninos."

Ele dirigiu de volta ao estaleiro. Caminhou pela lateral do galpão, carregando o sanduíche e uma garrafinha térmica de chá gelado. Nancy estava agachada, lixando a parte de baixo do casco, um lugar difícil de alcançar. Sorriu para ele.

"Nada do boa-pinta?"

"Ainda não, pai. E ninguém mais fala assim."

"Qual é uma boa expressão?"

"Bom... ele me balança."

"Pai do céu!"

"Pai, por favor, só deixe essas coisas por ali. Quero terminar este pedaço antes."

Afastando-se, colocou o sanduíche e a garrafa térmica sobre o cavalete. Enquanto desabotoava a camisa, virou-se de costas para Nancy. Estacou, imóvel, as pontas dos dedos tocando o terceiro botão. Max Cady estava sentado sobre um amontoado de madeiras, cinco ou seis metros além. Tinha uma lata de cerveja e um charuto. Vestia uma camiseta de malha e umas calças muito vincadas, de um tom azul cobalto vagabundo. Sorria para Sam.

Sam foi em sua direção. Pareceu um tempo enorme para cruzar seis metros. O sorriso de Cady não se alterou.

"O que está fazendo aqui?", Sam manteve a voz baixa.

"Bom, estou tomando uma cerveja, tenente, e fumando este charuto aqui."

"Não quero você rondando por aqui."

Cady parecia calmamente distraído. "Então, o homem me vendeu uma cerveja e estou pensando em talvez alugar um barco. Não pesco desde que era garoto. É bom de pescar no lago?"

"O que você quer?"

"Aquele é seu barco, é?" Apontou com o charuto, pestanejou de um modo obsceno e disse: "Belas curvas, tenente".

Sam olhou para trás e viu Nancy agachada sobre os calcanhares, os shorts vermelhos e curtos esticados marcando seu quadril jovem.

"Que inferno, Cady, eu..."

"Um homem com uma boa família e um bom barco como esse, um trabalho de onde possa tirar folgas quando tem vontade, eis uma coisa que deve ser boa. Ir até o lago e dar umas voltas. Quando você está preso, fica pensando em coisas assim. Você sabe. É como sonhar."

"Você está atrás de quê? O que quer?"

Os olhinhos fundos e castanhos mudaram, mas o sorriso ainda mostrava o branco da dentadura barata. "Estávamos bem empatados lá em quarenta e três, tenente. Você tinha educação, autoridade e um pouco de ouro consigo, mas os dois tínhamos mulher e filho. Sabia disso?"

"Lembro de ter ouvido que você era casado."

"Casei aos vinte anos. O menino tinha quatro quando você me mandou para a cadeia. Vi-o duas semanas depois.

Mary me largou quando peguei perpétua. Ela nunca me visitou. Eles facilitam essas coisas quando você está na perpétua. Assinei todos os documentos. E nunca recebi carta nenhuma. Mas meu irmão me escreveu, dizendo como ela tinha casado de novo. Com um encanador lá de Charleston, West Virginia. Teve uma ninhada inteira de filhos. Ele me mandou recortes de jornal quando o menino morreu. Meu menino. Foi em cinquenta e um. Tinha doze anos, caiu da moto e foi parar debaixo de um caminhão."

"Sinto muito por isso."

"Sente, tenente? Você deve ser um cara legal. Deve ser um cara realmente legal. Procurei por Mary quando voltei a Charleston. Ela quase teve um treco quando me reconheceu. As crianças estavam na escola e o encanador estava fora, encanando. Era fim de setembro. Você sabe, ela engordou, mas ainda é uma mulher linda. Todas as mulheres Pratt são lindas. Gente das colinas, lá de Eskdale. Tive que arrombar a porta de tela para conseguir conversar direito. Daí ela saiu correndo e pegou uma daquelas coisas de lareira, e tentou acertar aquilo na minha cabeça. Tirei o negócio das mãos dela, dobrei em dois e joguei no meio da lareira. Então ela ficou quieta, saiu da casa e entrou no carro. Sempre teve um temperamento difícil."

"Por que você está me contando isso?"

"Quero que você entenda o quadro, como eu disse semana passada. Levei-a de carro até Huntington — fica só a oitenta quilômetros — e naquela noite fiquei junto no orelhão enquanto ela ligava para o encanador. Àquela altura ela já estava fazendo tudo que eu mandava, e fiz com que dissesse que estava tirando umas férias dele e das crianças. Desliguei o telefone enquanto ele ainda berrava. Mandei que me escrevesse um bilhete de amor, datado, onde pedia para que eu a levasse por algum tempo. Fiz que escrevesse uma porção de palavras indecentes. Fiquei com ela por uns três dias em um hotel de Huntington. Daí fiquei cansado de ouvi-la choramingando o tempo todo e se debulhando pelos filhos e pelo encanador. Já não tinha forças para brigar, mas estava marcada por aquele primeiro dia quando ainda tentou escapar de mim. Está vendo o quadro, tenente?"

"Acho que sim."

"Quando fiquei de saco cheio, disse que se ela alguma vez fosse à polícia eu mandaria uma cópia do bilhete para o encanador. E eu apareceria para ver se conseguia jogar uns dois dos moleques dele embaixo de um caminhão. Ela ficou pasma. Tive que enchê-la com quase um litro de licor antes que apagasse. Daí cruzei o Big Sandy até Kentucky, e quando encontrei uma daquelas espeluncas de beira de estrada, perto de Grayson, carreguei-a para fora e a deixei em uma lata-velha parada lá. Um quilômetro e meio depois eu joguei seus sapatos e vestido em um terreno. Dei uma chance considerável de que ela voltasse para casa."

"Imagino que isso devesse me assustar."

"Não, tenente. Isso é apenas parte do quadro. Tive bastante tempo para pensar. Você sabe. Lembro de como era quando nos casamos. Eu voltara a Charleston em uma folga. Tinha vinte anos, era 1939 e faltavam dois anos de serviço. Eu não esperava casar, mas ela chegou na cidade com seu pessoal, sábado à noite. Tinha acabado de fazer dezessete e eu era capaz de dizer, só de olhar, que eles eram do interior. Meu pessoal vivia perto de Brounland antes de se mudar para Charleston. Segui-os pela cidade, sem tirar os olhos de Betty. Quando estava preso, à noite eu lembrava daquele sábado, e de como foi o casamento, e depois de como ela mudou para Louisiana, onde eram os treinamentos antes de eu embarcar. Ela queria estar por perto. Era religiosa. Vinha de um clã enorme de pregadores da Bíblia. Mas isso não a impediu de querer se meter no meio do feno."

"Não quero ouvir essas coisas."

"Mas você vai, tenente. Você quer a história, eu tenho a história para você. Depois que descobri, pelo meu irmão, que ela casara de novo, planejei a coisa toda, do jeito exato como fiz. Mudei pouca coisa. Eu pensava em ficar com ela por uma semana, não apenas três dias, mas ela desistiu de lutar muito rápido."

"E daí?"

"Você devia ser um advogado muito esperto, tenente. Eu pensei sobre ela, então naturalmente pensei sobre você."

"E fez planos para mim?"

"Agora está ficando quente. Mas eu não pude fazer planos porque não sabia como era sua vida. Não tinha nem certeza de poder encontrá-lo. Rezei para diabo, esperando que você não tivesse sido morto nem morrido por doença."

"Isso é uma ameaça?"

"Não é uma ameaça, tenente. Como eu disse, a gente estava bem empatado. Agora você está uma esposa e três crianças à minha frente."

"E você quer que estejamos empatados outra vez."

"Eu não disse isso."

Encararam-se, e Cady ainda sorria. Parecia completamente à vontade. Sam Bowden não encontrava nenhum meio de controlar a situação. "Você envenenou nossa cachorra?", exigiu saber, e de imediato se arrependeu de perguntar.

"Cachorra?" Os olhos de Cady se arregalaram em zombaria. "Envenenar sua cachorra? Por que, tenente? Isso é uma calúnia."

"Ah, nem vem!"

"Nem vem com o quê? Não, eu não envenenei sua cachorra mais do que você colocou polícia à paisana na minha cola. Você não faria uma coisa dessas!"

"Foi você, seu porco desgraçado!"

"Preciso tomar cuidado. Não posso acertar nenhum murro em você, tenente. Eu seria preso por agressão. Aceita um charuto? São dos bons."

Sam se afastou desacorçoado. Nancy deixara de trabalhar. Estava parada, olhando intensamente para eles, forçando os olhos e mordendo o lábio inferior.

"Eis uma bela mocinha, tenente. Quase tão gostosa quanto sua esposa."

Cego, Sam se virou e desferiu um soco. Cady largou a lata de cerveja e agarrou o golpe na palma da mão direita, com facilidade.

"Você tem direito a um soco ridículo durante a vida, tenente. Esse foi o seu."

"Saia daqui!"

Cady havia se levantado. Colocou o charuto no canto da boca e falou em volta dele. "Claro. Talvez você veja o quadro inteiro depois de um tempo, tenente." Caminhou na direção do barracão, movendo-se com leveza e desembaraço. Sorriu outra vez para Sam, acenou com o charuto para Nancy e disse: "Nos vemos por aí, gracinha".

Nancy se aproximou de Sam. "É ele? É? Pai! Você está tremendo!"

Sam, ignorando-a, seguiu Cady pelo barracão. Ele sentou ao volante de um velho Chevrolet cinza. Lançou um sorriso para Sam e Nancy, e foi embora.

"É ele, não é? Ele é horrível! O jeito com que me olhou me fez sentir calafrios, que nem as minhocas."

"Esse é Cady", disse Sam. Sua voz estava inesperadamente áspera.

"Por que ele veio *aqui*?"

"Para pressionar um pouco mais. Só Deus sabe como ele descobriu que estaríamos aqui. Estou aliviado por sua mãe e os meninos não estarem aqui."

Voltaram para o barco. Ele a olhou enquanto ela caminhava a seu lado. Sua expressão era séria, pensativa. Aquele não era um problema que afetaria apenas ele e Carol. As crianças estavam envolvidas.

Nancy olhou para ele. "O que você vai fazer sobre isso?"

"Não sei."

"O que ele vai fazer?"

"Também não sei."

"Papai, você lembra antigamente quando eu era pequena e tive pesadelos depois de irmos ao circo?"

"Lembro. Qual era o nome daquele macaco? Gargântua."

"Isso. O lugar onde ele ficava tinha paredes de vidro e você me levou lá, de mãos dadas, e ele se virou para olhar direto para mim. Não para mais ninguém. Direto para mim. Eu senti como se alguma coisa dentro de mim se contorcesse e morresse. Ele era uma coisa selvagem que não tinha nenhum direito de estar no mesmo mundo que eu. Sabe o que quero dizer?"

"Claro."

"Esse homem é mais ou menos assim. Quero dizer, tive um pouco dessa sensação. A srta. Boyce diria que estou sendo fantasiosa."

"E quem é a srta. Boyce? Já ouvi esse nome."

"Ah, é nossa professora de inglês. Disse que a boa ficção é boa porque desenvolve personagens e mostra que ninguém é completamente bom nem completamente mau. E na ficção ruim os heróis são cem por cento heroicos e os vilões são cem por cento malvados. Mas acho que esse homem é completamente mau."

Nunca antes, ele pensou, fomos capazes de conversar em um nível adulto equivalente, sem reservas. "Acho que conseguiria entendê-lo, se quisesse. Ele estava em um negócio sujo e brutal, e era um caso de fadiga de guerra. Saiu daquilo diretamente para pegar prisão perpétua e trabalho forçado. É um ambiente brutalizante. Imagino que não conseguiu pensar nisso como uma recompensa aos serviços que prestou. Então, tinha de haver alguém a quem culpar. E ele não podia culpar a si mesmo. Eu virei o símbolo. Ele não me vê. Não vê Sam Bowden, advogado, mantenedor de uma casa, pai de família. Vê o tenente, o jovem advogado militar cheio de retidão puritana que arruinou sua vida. E eu gostaria de poder ser um de seus heróis cem por cento corretos, nesse caso. Queria não ter uma mente cheia de reservas e maquinações."

"Nas aulas de psicologia, o sr. Proctor nos disse que toda doença mental é uma condição em que o indivíduo é incapaz de uma interpretação racional da realidade. Tive que decorar isso. Então, se o sr. Cady não consegue ser racional..."

"Acredito que ele está mentalmente doente."

"E não precisaria ser tratado?"

"A lei neste estado está organizada para proteger as pessoas de serem internadas erradamente. Um parente próximo pode assinar documentos de internação que colocam a pessoa sob um período de observação, normalmente sessenta dias. Ou, se uma pessoa comete um ato de violência ou, em público, age de maneira irracional, pode ser internada com base no testemunho de oficiais da lei que presenciaram a violência ou irracionalidade. Não há outro jeito."

Ela se virou e correu os dedos sobre o lado lixado do casco. "Então não há muito o que fazer."

"Eu ficaria feliz se você cancelasse seu encontro hoje à noite. Não estou mandando que faça. Provavelmente seria seguro, mas não teríamos certeza disso."

Ela refletiu sobre o assunto, franzindo a testa. "Vou ficar em casa."

"Acho que podemos voltar à pintura."

"Tudo bem. Você vai contar a mamãe sobre isso?"

"Sim. Ela tem o direito de saber tudo que acontece."

Tommy Kent apareceu poucos minutos antes de Carol e os meninos voltarem. Era um rapaz alto, bonito, bem educado, divertido e respeitoso na medida certa. Deram-lhe um pincel. Ele e Nancy pintaram o mesmo pedaço do casco, cada um implicando com o trabalho malfeito do outro. Sam estava contente de ver como ela lidava com ele. Nenhum olhar derretido. Nada de adoração. Ela era brusca, envolvendo-o com confiança hábil e um respeito próprio firme, tranquilamente ciente de sua própria atratividade. Sam ficou surpreso ao ver que suas jovens armas estavam afiadas de modo tão profissional e eram manejadas com aquele ar de bastante prática. Ela o tratava como a um irmão mais velho ligeiramente incompetente, o que era, claro, a tática precisa para lidar com um figurão da escola como Tommy Kent. Sam, dando olhadelas de seu posto de trabalho, próximo à proa, detectava apenas uma falha em sua naturalidade extrema. Ela não assumia qualquer postura ou atitude que fosse desajeitada ou esquisita. Era cuidadosa, como se dançasse. Ouviu-a cancelar o encontro, pedindo desculpas suficientes apenas para evitar parecer rude. E vaga apenas o bastante para despertar suspeitas e ciúmes. Sam viu a expressão zangada de Tommy quando Nancy se afastou dele, e pensou, jovenzinho, ela acaba de jogar a isca. Está segurando a linha, e a rede está perfeitamente a postos. Quando chegar a hora, ela vai puxar a rede com habilidade, e você vai se debater no convés do barco, os olhos se revirando e as guelras tremendo. Pike Foster nunca foi páreo, e agora ela está preparada para uma jogada maior.

Depois que Carol chegou e fez Nancy dar uma pausa para comer seu sanduíche e tomar o chá, quando os quatro meninos estavam ocupados com a pintura, Sam pegou duas cervejas e levou Carol para uma das docas empenadas de Jake, sentando-se a seu lado com os pés balançando sobre a água. Contou a ela sobre Max Cady.

"Aqui!", ela disse, os olhos arregalados. "Bem aqui?"

"Bem aqui, olhando para Nancy quando eu voltei. E quando olhei para Nancy, pude vê-la como ele via, e ela nunca pareceu menos vestida, nem mesmo naquele tal biquíni que você a deixa usar quando estamos na ilha sem convidados."

Ela cerrou os dedos no pulso de Sam com uma força histérica, fechando os olhos com força e dizendo: "Isso me deixa louca. Oh, Deus, Sam! O que nós vamos fazer? Você falou com ele? Você descobriu alguma coisa sobre a Marilyn?".

"Falei com ele. Bem no fim, perdi as estribeiras. Tentei socá-lo. Tremendamente eficaz. Tentei acertá-lo enquanto ele estava sentado. Poderia ter arremessado uma bola de tênis nele, à traição. A desgraça de seus antebraços são do tamanho das minhas coxas, e ele é rápido como um gato."

"E Marilyn?"

"Ele negou. Mas negou de um jeito que foi o mesmo que ter admitido."

"O que mais ele disse? Fez ameaças?"

Por um momento, Sam ficou tentado manter a história da esposa de Cady em segredo. Mas se esforçou por contá-la, tentando fazer uma narrativa objetiva e desapaixonada, olhando fixo para a água verde da baía. Carol não o interrompeu. Quando olhou para ela, foi como se houvesse se tornado repentina e tragicamente uma mulher mais velha. Ele era bastante orgulhoso de como ela, aos trinta e sete, não aparentava a idade, parecendo ter convincentes trinta anos e, em momentos especiais, alegres e milagrosos vinte e cinco. Agora, com os ombros curvados e o rosto todo ossos e desolação, ele viu pela primeira vez como ela seria quando se tornasse bastante velha.

"É terrível!", ela disse.

"Eu sei."

"A pobrezinha. E que jeito repugnante de nos ameaçar. Indiretamente. Nancy soube quem ele era?"

"Ela não o notou até quase o fim. Quando nos viu conversando, deve ter imaginado. Quando dei meu soco estúpido, ela soube. Depois que ele foi embora, nós conversamos. Ela foi sensata. Estou orgulhoso dela. Cancelou o encontro de hoje à noite de boa vontade."

"Fico feliz. Tommy não é simpático?"

"Bastante, mas não comece a falar como se ela tivesse dezoito. Ele é melhor que Pike. E ela parece saber lidar bem com ele. Não sei onde aprendeu."

"Não é algo que se aprenda."

"Acho que herdou isso de você, querida. Lá estava eu, cuidando das minhas coisas, procurando um lugar para sentar no café e..." Tentava ser alegre, mas sabia estar falhando. A cabeça dela estava baixa e ele viu as lágrimas inundando seus olhos. Colocou a mão em seu braço.

"Vai ficar tudo bem", disse. Ela sacudiu a cabeça violentamente. "Beba sua cerveja, meu bem. Olhe. É sábado. O sol está brilhando. Temos nossa cria. Vamos dar um jeito. Eles não podem abater os Bowden."

A voz dela soou abafada. "Volte lá para ajudá-los. Vou ficar mais um pouco aqui."

Assim que pegou o pincel, olhou para trás. Ela parecia pequena, nas docas. Pequena, humilhada e terrivelmente amedrontada.

CAPÍTULO CINCO

Conhecera Carol em uma sexta à tarde, no fim de abril de 1942, no café Horn & Hardart, perto do campus da Universidade da Pensilvânia. Ele estava no último ano da faculdade de Direito. Ela, prestes a se formar bacharel.

Não encontrando assento no térreo, ele subiu as escadas com sua bandeja. Lá em cima estava quase tão cheio quanto o andar de baixo. Correu os olhos pelo salão e viu uma garota excepcionalmente bonita sentada sozinha, em uma mesa para dois. Parecia estar lendo uma apostila. Tivesse sido um ano antes, ele nunca teria se aproximado, apoiado a bandeja no canto da mesa e dito: "Posso?". Não era exatamente tímido, mas ao mesmo tempo sempre achara estranho se aproximar de uma garota que não conhecesse. Mas era 1942 e havia um clima novo e ousado pelo mundo. Os padrões estavam mudando muito rapidamente. Ele passara muito tempo enfiado nos livros, era abril e o cheiro da primavera tomava o ar, e aquela era uma garota realmente muito bonita.

"Posso?"

Ela lançou um olhar rápido e desinteressado para ele, voltando-se logo ao livro. "Fique à vontade."

81

Pousou sua bandeja sobre a mesa e sentou-se para comer. Ela acabara de almoçar e comia um *cheesecake*, aos bocadinhos, fazendo-o durar. Como não demonstrava intenção de olhá-lo, ele sentiu-se perfeitamente seguro para encará-la. Ela era ótima de ser olhada. Longos cílios negros, belas sobrancelhas e os ossos das bochechas salientes. Cabelos negros curiosamente crespos. Vestia um blazer verde e uma blusa amarela com o colarinho meio franzido. Desolado, pensou em alguns de seus amigos mais extrovertidos, em como eles poderiam iniciar uma conversa de forma tranquila e confiante. Em breve ela terminaria o *cheesecake* e o café e iria embora, talvez com mais uma olhadela sem interesse. E ele ficaria sentado sozinho, pensando no que poderia ter dito.

De repente, reconheceu o texto que ela lia. Usara o mesmo, no bacharelado. *Psicologia Anormal*, de Durfey. Após vários ensaios mudos, falou com a maior casualidade possível: "Passei um mau bocado com esse curso".

Ela se virou para ele, como se surpresa de haver mais alguém à mesa. "Foi." Olhou de volta para o livro. Não havia sido uma pergunta, mas o fim de qualquer conversa.

Continuou se atrapalhando, dizendo: "Eu... eu discordava da imprecisão desse campo. Eles usam rótulos, mas não parecem ser capazes de medir... coisas".

Ela fechou o livro devagar, mantendo um dedo na página que lia. Encarou-o e olhou para seu prato. Ele desejou ter pedido algo um pouco mais digno do que feijão com salsichas.

"Você não conhece as regras?"

"Que regras?"

"As não escritas. Você não deve puxar conversa com as alunas nesta grande universidade. Somos umas coisinhas grosseiras, miseráveis, míopes que os estudantes chamam de papa-livro. Estamos todas abaixo de sua nobre atenção. Se um caro irmão de fraternidade comete o erro social de levar uma papa-livros a qualquer evento, é encarado com aversão. Então, vá tentar a sorte lá na universidade só para moças."

Ele sentiu o rosto suar, rubro. Ela abrira novamente o livro. Seu embaraço se transformou lentamente em raiva. "Tudo bem. Então eu puxei conversa. Se você não quer papo, é só dizer. O fato de ser bonita não lhe dá nenhum direito especial de ser rude. Não fui eu quem inventou essas regras não escritas. Não saio com as alunas aqui porque acontece de eu estar comprometido com uma garota lá em Nova York."

Não houve qualquer sinal de que ela o estivesse ouvindo. Ele garfou uma salsicha, que escapou do prato e caiu em seu colo. Enquanto ele a recolhia, ela disse, sem levantar os olhos, "Então por que tentar algo comigo?"

"Isso é arrogante para diabo, não?"

Olhou para ele e fez beicinhos. Ele viu que seus olhos eram de um castanho tão escuro que eram quase negros. "É?"

"Arrogante e também prepotente. Eu não tinha nenhuma intenção de tentar nada. E se eu tivesse, meu irmão, estou curado."

E ela sorriu para ele, um sorriso largo e maldoso que fazia troça dele. "Viu? Você admite que pensou nisso."

"Admito nada!"

"É quase impossível para a maioria das pessoas neste mundo ser um tiquinho honesto e franco. Você com certeza não parece ser."

"Sou completamente honesto comigo mesmo."

"Duvido. Vamos ver se você consegue. Imagine se, quando você veio com esse papinho fraco, eu tivesse mordido a isca.

E tivéssemos uma conversa honesta de verdade sobre esse curso. Daí você veria que eu estava meio que brincando com o *cheesecake*, levantaria para me buscar mais café e eu reagiria como se você tivesse atravessado um mar de gente para me trazer esmeraldas. E aí sairíamos juntos, e digamos que você tivesse uma aula às duas e nós tivéssemos passeado tanto que você só teria cinco minutos para chegar nela. Agora, seja honesto. Estaríamos parados ali. E eu diria, com um risinho bobo, que tudo havia sido muitíssimo interessante. Esta é sua chance de ser honesto. Você faltaria à aula só para me acompanhar de volta até meu alojamentozinho medíocre?"

"Claro que não." Ela o olhou com aquele sorriso exasperador. Ele remoeu os pensamentos e suspirou.

"Certo. Sim, eu faltaria. Mas tem algo injusto e errado em tudo isso."

Ela estendeu a mão. "Parabéns. Você é quase honesto. Sou Carol Whitney." Seu cumprimento era firme e ela recolheu a mão logo. "E, para sua informação, estou comprometida com um rapaz maravilhoso que, no momento, está em Pensacola aprendendo a voar. Então não vai haver nenhum risinho bobo nem piscadinhas."

"Sam Bowden", ele disse, sorrindo. Fez um sinal na direção do livro. "Passei sufoco com esse curso."

"Recuperou bem. Acho que gosto de você, Sam Bowden. Acontece que estou me saindo bastante bem nesse curso. Há quanto tempo foi esse sufoco?"

"Dois anos. Faço Direito agora. Último ano."

"E depois?"

"Alguma coisa a ver com a guerra, imagino. Claire insistiu para que eu terminasse e pegasse o diploma, em vez de, como ela disse, fazer alguma besteira. O pai dela tem uma fábrica em New Jersey e está lotado de contratos de guerra. Claire tem insistido para que eu vá trabalhar lá. Ele está disposto e pode esperar um pouco. Ainda não decidi. Vamos casar assim que eu consiga o diploma. Todo mundo lhe conta sua história de vida?"

"Sou um tipo simpático. Bill e eu vamos casar assim que ele tiver o distintivo de piloto da Marinha. Não sou herdeira de uma fábrica de guerra em Jersey, mas mesmo que eu fosse não poderia mantê-lo longe dessa coisa. Ele está todo animado. Acho que eu nem tentaria."

Ele pegou mais café para ela, os dois saíram juntos e ele disse: "Vou levá-la até seu alojamentozinho medíocre".

"Sem um conversível vistoso?"

"Sem. Sou da classe trabalhadora." Caminhou devagar ao lado dela. "Os primeiros dois anos foram curtos de grana. Depois, meu pai morreu. Com trabalhos de verão e outros de meio período eu dei um jeito de continuar. Parei de trabalhar nos últimos três meses porque já tenho o suficiente para terminar o curso, se for prudente, e quero usar todo o tempo com os livros. É uma situação engraçada quando o patriotismo entra em conflito com o dólar."

"Como assim?"

"Meu irmão e eu temos que ajudar a manter minha mãe. Sua pensão não é suficiente. Ele tem uma esposa, mas nenhum filho, e nossa mãe mora com eles em Pasadena. George deve ser convocado logo. Esse é um bom motivo para eu não poder marchar até o alistamento. O dinheiro de dois soldados seria realmente pouco."

"Então a fábrica de Jersey parece boa."

"Ou pelo menos a comissão, se eu conseguir lidar com isso."

"Eu não tenho nenhum centavo. Sou filha única. Minha mãe morreu há dez anos, meu pai consegue mandar o suficiente para eu ir levando. Ele trabalhou nos campos de petróleo a vida toda. Sempre que consegue juntar o bastante, ele se mete em operações arriscadas. Os poços estão sempre secos, mas ele nunca desiste."

Quando chegaram ao alojamento, ele fez a pergunta decisiva. Ela hesitou, mas respondeu: "Sim, vou almoçar lá amanhã, à mesma hora".

No fim da semana eles já passavam juntos todos os momentos livres. Conversaram sobre todas as coisas sob o sol. Disseram um ao outro que aquela era uma relação perfeitamente platônica. Contavam sempre de seu amor e lealdade a Bill e Claire. E diziam que Bill e Claire não poderiam ter qualquer objeção a uma amizade sincera entre um homem e uma mulher. Ainda que gastasse o tempo que devia ser dos livros, sua mente estava mais ágil e fresca do que nunca, e ele era capaz de trabalhar com tanta eficiência que sabia estar fazendo bem. Não tinham dinheiro, mas era primavera na Filadélfia, e eles caminharam quilômetros sem fim e sentaram em parques e conversaram, conversaram e conversaram. Apenas uma amizade sincera. Não queria dizer nada o fato de ele sentir, quando a via andando em sua direção, o fôlego se agarrar à garganta.

Ele escreveu e telefonou a Claire como deveria. Ela escreveu a Bill e leu suas cartas para ele, que ficava tomado de uma fúria cega quando as partes pessoais eram puladas. Dizia que Bill parecia ser um bom rapaz. Estava convencido de que Bill era vaidoso e arrogante, um despreocupado, eterno e incurável adolescente. Como vingança, lia para Carol as cartas perfumadas de Claire, e sentiu-se embaraçado ao notar como soavam superficiais.

O inevitável ponto de virada aconteceu em um parque urbano, na madrugada de uma noite suave e estrelada de fins de maio. Haviam conversado sobre a guerra e sobre infância e música e pinheiros e a melhor raça de cachorros. Então ela disse que tinha algo às oito da manhã e os dois se levantaram, um de frente para o outro, e o rosto dela estava suavemente iluminado pelo distante poste da rua. Houve um silêncio curiosíssimo e ele colocou as mãos sobre seus ombros. Ela se moveu com decisão e vivacidade para seus braços, e o longo e ansioso beijo deixou-os tão balançados que de fato perderam o equilíbrio. Sentaram-se no banco e ele segurou sua mão por um longo e maravilhoso silêncio, enquanto ela deitava a cabeça para trás e olhava diretamente para as estrelas acima. Beijaram-se novamente e a vontade e urgência cresceram até que ela o empurrasse suavemente.

"Vai ser uma horror completo contar a Bill", ela disse.

"E a Claire."

"Azar da Claire."

"E do Bill. É um problema simples de matemática. Deixamos dois felizes e dois infelizes, em vez de quatro infelizes."

"A racionalização mais antiga do mundo, querido."

"Por favor, repete isso."

"A racionalização mais..."

"Só a última palavra."

"Querido? Deus, tenho lhe chamado assim por semanas, mas não em voz alta. E há uma porção de outras palavras. Vamos repassar a lista. Você primeiro."

Ficaram acordados a noite inteira. Conseguiram seus diplomas. Os anéis foram enviados de volta pelo correio. Casaram-se. Estavam completa e supremamente certos de que nenhum outro casal na história da humanidade sentira mais amor ou combinara mais perfeitamente um com o outro, em todos os sentidos. Foi um casamento civil tranquilo. O pai dela enviou um cheque inesperado que os manteve por um tempo enquanto ele tirava sua licença e se apresentava para o serviço em Washington. O quarto alugado na casa de tijolos em Arlington foi um paraíso pessoal especial.

Ela o acompanhou à costa Oeste, onde compartilharam as três semanas de espera enquanto ele ficava na base Anza esperando por embarcar. George estava no Exército havia seis meses, àquela altura. Carol encantou a mãe e a cunhada de Sam, e ficou decidido que ela devia morar com elas em vez de voltar para o Texas, com seu pai. Estava grávida de sete meses quando ele partiu, bastante satisfeito por ela estar com sua mãe e Beth.

Embarcou no começo de maio de 1943 e voltou para os Estados Unidos em setembro de 1945, capitão Bowden, moreníssimo depois de quarenta dias no convés de um navio de transporte militar — regressou para um mundo bastante mudado. George fora morto na Itália em 1944, e sua mãe morrera dois meses depois. O pai de Carol havia morrido em um acidente com petróleo no Texas, e depois de pagas as despesas com o enterro e vendidas as suas posses, restaram mil e quinhentos dólares. Sam solicitou e recebeu sua dispensa na Califórnia. Mudou-se para uma casinha alugada em Pasadena e começou a se familiarizar com a esposa e a filha que nunca vira. Duas semanas após chegar, compareceram ao casamento de Beth. Ela se casou com um homem mais velho, um viúvo que havia sido gentil com as mulheres que viveram sozinhas.

E duas semanas depois, após longas negociações com Bill Stetch, estavam em New Essex, em uma casa alugada, e Sam se preparava para seu exame de advocacia. Na véspera de Natal Carol anunciou, zombando e fazendo comentários maldosos sobre os militares em geral e sobre um capitão Bowden em particular, que se encontrava ligeiramente grávida.

Sam pintou o casco do barco em pinceladas largas, meio atento à conversa das crianças. Tempos bons. O melhor dos anos. Muito amor e um sucesso gratificante, constante mesmo que não espetacular em nenhum sentido.

Ficou feliz quando Carol voltou das docas e começou a trabalhar. Bucky, sem que ninguém percebesse, decidira pintar a parte de baixo do casco. Tinha um pincel enorme e gostava de enchê-lo de tinta. Estava pintando diretamente sobre a cabeça. Carol berrou quando o viu. Bucky estava inteira e medonhamente branco, um palhaço com maquiagem completa. Todos pararam o trabalho e buscaram trapos e aguarrás para limpar o menino. Ele estava repleto de indignação e não parava de se sacudir. Quando ele estava limpo o bastante, as crianças foram se trocar no Clube Náutico e nadaram ali pelas docas. Carol e Sam terminaram a pintura.

Na segunda pela manhã, depois de conferir a correspondência e reorganizar alguns de seus compromissos, Sam foi se encontrar com o delegado Mark Dutton às onze, na delegacia de New Essex. A delegacia era ao lado da prefeitura, e o escritório de Dutton ficava na ala nova. Era delegado de investigações, um homem de aparência comum em um terno cinza comum. Sam o vira duas ou três vezes antes, em eventos públicos. Dutton era grisalho e tinha modos tranquilos. Poderia ser um corretor, vendedor de seguros, publicitário — até que olhasse diretamente para você. Então você veria os olhos de policial, o olhar policial — direto, cético e cheio de uma sabedoria severa e cansada. O pequeno escritório estava asseado. Uma parede de vidro dava vista às mesas do departamento, mais da metade vazias. As paredes estavam cobertas por arquivos enormes.

Após darem as mãos e Sam se sentar, Dutton disse: "É sobre a mesma coisa pela qual Charlie Hopper me procurou?".

"É. Sobre Max Cady. Charlie pensou que seu pessoal poderia conseguir... pressioná-lo. Não quero pedir favores especiais, você pode entender. Mas acredito que ele seja perigoso. Eu sei que ele é perigoso."

"Charlie é um político. O primeiro objetivo é deixar as pessoas felizes. O segundo, deixá-las achando que estão felizes."

"Você não prometeu nada?"

"Nós detivemos Cady e o seguramos aqui enquanto conferíamos as coisas."

"Charlie me disse. Não há nenhum mandado contra ele."

"Não. Como dizem, ele pagou seu débito com a sociedade. Tem como explicar o carro e o dinheiro. Não é um indigente. Pela natureza de sua única condenação, nós o registramos nos arquivos de crimes sexuais."

"Delegado, é possível que ele esteja sendo procurado em algum lugar. Digo, se você puder investigar mais."

"O que quer dizer?"

Sam contou a história de Cady, sobre o rapto e estupro de sua ex-mulher. Com a precisão de uma mente jurista treinada, foi capaz de lembrar e incluir todos os fatos pertinentes. Dutton apanhou um bloquinho e tomou notas enquanto Sam falava.

"Nenhum sobrenome?", Dutton perguntou.

"Nenhum, mas não deve ser difícil encontrá-la."

Dutton olhou suas anotações. "Ela pode ser encontrada. Deixe-me perguntar. Você acha que Cady estava inventando essa história para assustá-lo?"

"Na minha profissão, delegado, já ouvi um monte de mentiras. Eu diria que ele estava contando a verdade."

Dutton franziu a testa e esfregou o lóbulo da orelha. "Você está lidando com um animal esperto. Se essa história for verdade, ele sabe que deu informações suficientes para que ela seja encontrada. Então, deve estar bem certo de que ela está amedrontada demais para denunciá-lo. Além disso, procurei algumas dessas pessoas do interior. Elas não estão dispostas a procurar a polícia nem quando não estão amedrontadas."

"Mas você vai tentar?"

"Vou passar o caso para o pessoal de Charleston e pedir para que vejam o que conseguem. Existe a possibilidade de ela nunca ter voltado para casa, você sabe. Mas provavelmente voltou. Havia as crianças. Eu não ficaria muito esperançoso com isso, sr. Bowden."

"Se isso não funcionar, delegado, ainda assim seria possível forçar alguém para fora da cidade?"

Dutton fez que sim. "Já fizemos isso, não sempre. A última vez foi há três anos. Esta é uma cidade bastante honesta. A mais honesta do estado, com esse tamanho. Isso não quer dizer honestidade sem máculas, sr. Bowden. Mas significa que costumamos manter certas organizações afastadas daqui. Permitimos poucas organizações temporárias, porque sempre há algum tipo de demanda. Quando tentam crescer demais, quando tentam influenciar atividades legais ou ameaçar os contribuintes, caímos em cima, rápidos e firmes. Quando alguma organização tenta se infiltrar aqui, damos proteção aos nossos temporários. Em troca eles contribuem tanto com a política local como com o Fundo de Beneficência da Polícia, e nos avisam sobre qualquer forasteiro que tente algo por estes lados. Estou sendo franco e extraoficial. A prova disso pode ser vista nas estatísticas do FBI. Temos um índice baixo em quase todas as categorias de crime. Há vinte anos, estávamos entre as mais altas do estado.

Os cristãos moralistas sempre tentam nos recriminar por flertarmos com nossos cafajestes amestrados. Deixamos os diabinhos que conhecemos nos negócios e mantemos os diabões afastados. Mas não dá para fazer com que entendam. É seguro andar à noite por New Essex, isso é o bastante para mim. Sei que estamos prestando um serviço. Há três anos, dois daqueles figurões de Chicago-Miami-Las Vegas pintaram na cidade com seus óculos escuros, malas de couro, Cadillacs roxos e um par de secretárias loironas do tipo que nem sabe datilografar. Arrumaram suítes no New Essex House e começaram a circular. Queriam firmar parceria com nosso pessoal de estimação. O chefe Turner, o prefeito Haskill, o comissário Goldman e eu nos reunimos. Colocamos dez de nossos melhores homens naquela quadra. Interpretamos a lei a nosso próprio modo. Se os deixássemos à solta, teríamos problemas. Problemas enormes.

"Então demos problemas a eles primeiro. Não conseguiam se mexer sem quebrar alguma lei da qual nunca tinha ouvido falar. Grampeamos as duas suítes e isso nos deu mais pistas. Nas duas vezes em que as loiras saíram do hotel, foram abordadas e trazidas para cá, multadas por prostituição e submetidas a testes físicos e de sangue. Você nunca viu ex-dançarinas mais alucinadas. Levou quatro dias e mais de cinco mil dólares em multas para que eles desistissem. Conferimos a rota que eles tomaram para fora da cidade e avisamos aos rapazes da estadual e do povoado. Foram detidos quatro vezes por excesso de velocidade antes de cruzarem a divisa do estado. Excesso de velocidade e direção alcoolizada. Todos tinham licenças e apreendemos todas exceto uma, para que alguém pudesse dirigir. Uma das garotas conduziu até a divisa. Nunca mais voltaram. Mas alguém vai tentar de novo, mais cedo ou mais tarde. Há dinheiro aqui, e onde há dinheiro você consegue vender um vício organizado."

"Você não faria isso com Cady?"

"Poderia ser feito. Precisaria de um monte de homens e bastante tempo. Dei uma olhada nele, enquanto estava por aqui. Ele não vai se sentir ameaçado e é impossível ferir sua dignidade, porque ele já não tem nenhuma."

"Você fará isso?"

Dutton balançou um lápis amarelo no dedo indicador gordo, olhou bem para Sam e disse: "Não".

"Pode me dar um motivo, delegado?"

"Posso dar uma porção de motivos. Um: temos mais de cento e trinta mil habitantes. Nossa força policial tem o mesmo tamanho, em homens, não em equipamentos, do que tinha quando éramos oitenta mil. Temos pouco efetivo, estamos mal equipados, mal pagos e sobrecarregados. Quando alguma coisa acontece, tenho de convocar homens que estão fora de serviço e pedir desculpas por não poder pagar as horas extras que estão cobrindo. As mães continuam fazendo manifestações na prefeitura porque não temos homens suficientes para colocar nas encruzilhadas das escolas. Dois: isso é algo que você, como advogado, vai entender. Criaria um precedente esquisito. Já usamos métodos extralegais e um monte de tempo e força policial para evitar uma ameaça específica, que atingiria toda a cidade, não apenas um indivíduo. Se o fizéssemos, teríamos uma série de questionamentos. Se ele contratasse o rábula certo — perdoe a expressão —, ficaríamos bem enrascados por aqui. Os homens que eu colocasse no caso ficariam curiosos sobre essa tarefa a mais. Três: você não é residente nesta cidade. Trabalha aqui, mas sua casa é em outro lugar. Não paga impostos para a cidade. Sua firma paga, mas este não é um problema dela. Como indivíduo, você não paga nenhuma fraçãozinha de meu salário."

Sam enrubesceu e disse: "Eu não sabia que soaria...".

"Deixe-me terminar. Por último, dei uma olhada nesse homem. Ele parece esperto. Não parece estar em nenhuma sanha assassina. Creio que ele só está tentando pressioná-lo um pouco. Mas não quero que saia deste escritório achando que não cooperamos em nada. Se esse Cady sair da linha em qualquer lugar da minha área de autoridade, vou garantir que os oficiais de detenção e o júri estejam devidamente informados. E vão acertá-lo com a maior firmeza que a lei permitir."

"Muito obrigado, delegado. Você tem tempo para ouvir mais sobre as coisas que ele fez até agora?"

"Estou bastante interessado."

Sam contou sobre Sievers e sobre a cachorra.

Dutton se recostou, com uma carranca, e esfregou a ponta de borracha do lápis no canto do nariz. "Se ele sacou Sievers com essa rapidez e o superou fácil desse jeito, então é talentoso nesse jogo. Você tem alguma prova sobre a cachorra?"

"Não, mas depois de falar com ele, tenho certeza."

"Está fora de nossos limites, você sabe."

"Eu sei."

Dutton pensou por alguns instantes. "Sinto muito, sr. Bowden. Não posso oferecer nada além do que já disse que faria. Se você estiver sinceramente alarmado por isso, sugiro que pegue sua família e vá para outro lugar."

"Já conversamos sobre isso."

"Pode ser uma boa ideia. Ele vai se cansar desse joguinho e deixar a cidade em pouco tempo. Deixe-me informado dos novos desdobramentos." Levantou-se e estendeu a mão. Sam agradeceu e foi embora.

Às três da tarde, quando passava pelo escritório de Bill Stretch, espiou o lugar e viu que Bill estava sozinho. No impulso, entrou e contou a ele toda a história. Bill ficou chocado, solidário e completamente incapaz de sugestões construtivas. Sam teve a sensação curiosa de que Bill não queria ser arrastado para aquela história de maneira nenhuma. Mantinha um ar de estar distanciado daquilo.

"Pobrezinha daquela cachorra. Existe gente terrível neste mundo, Sammy."

"Cady é minha indicação especial."

Bill se reclinou, os olhos pensativos. Era um homem gigantesco, o rosto corado, cabelos inteiramente brancos e os olhos azuis. A cadeira de seu escritório e suas roupas eram feitas sob medida. Tinha um aspecto de jovialidade agitada, mas Sam aprendera havia anos, ainda no Teatro de Operações, que os modos de Bill escondiam uma mente intrincada, complexa e maravilhosamente astuta.

"Isso coloca você em uma posição incrivelmente desconfortável", disse Bill.

"E tem me feito agir estranho. Quero ir para o inferno se alguma vez me imaginei indo até a delegacia e pedindo educadamente para que eles fizessem algo ilegal."

Stetch soltou uma gargalhada. "Aquela velha garota encantadora, segurando a balança e dando uma espiadinha de vez em quando por baixo da venda. E Samuel Bowden é seu mais devoto adorador. Um monte de meninos se sentem assim com relação a isso, mas é raro como o diabo um homem que consiga... continuar com essa obsessão."

Sam sentiu que estava sendo tratado com condescendência, e isso o incomodou. "O que você quer dizer?"

"Não se zangue, Sammy. Diabos, quando era apenas Dorrity e Stetch, eu sabia que precisávamos de algumas causas nobres por aqui, para manter nossa santimônia. Quando você trabalhou comigo na Índia, eu soube que era nosso garoto, e não poderia ter dado mais certo. Mike Dorrity e eu somos uma dupla de piratas com licenças. Precisávamos de um equilíbrio. Alguém com brilho nos olhos."

"Olha, Bill, que inferno, eu não gosto de..."

"Espere. Você é um sócio. Faz o diabo de um bom trabalho. Faz bem mais que segurar as próprias pontas. Estamos muito felizes de termos você aqui. Foi uma jogada inteligente. Mas há algumas partes neste negócio com que você não consegue lidar, e nós não lhe fazemos lidar com elas. Mike e eu sujamos as mãos com isso. Trabalhamos com as brechas na lei. Somos bem pagos para encontrar essas brechas, não importa a imparcialidade da questão."

"Como no caso de Morris ano passado?"

"Exatamente como no caso de Morris ano passado."

"Acho que aquilo foi podre."

"E foi, garoto. É por isso que mantenho essas coisas longe de você, antes que nos faça perder um cliente. E lido eu mesmo com elas."

"Você me faz sentir como um maldito novato."

Bill balançou a cabeça. "Você não é. Você é um advogado esperto, Sammy. E é um tipo realmente raro. Um homem bom que acredita em si mesmo e no que está fazendo. Todo escritório de advocacia deveria ter pelo menos um. Poucos têm. Então não dê atenção a um velhaco cínico. Nós não roubamos de verdade. Às vezes mostramos aos outros como eles podem conseguir roubar, mas não acontece tanto. Mantenha os olhos na senhorita com a balança, mas não fique tão horrorizado consigo mesmo por ir à polícia pedir um favor extralegal. A vida é um processo permanente de meios-termos, Sammy. A ideia é chegar ao fim com algum respeito próprio sobrando. Fim da aula por hoje. Espero que resolva seu probleminha desagradável."

Quando voltou ao próprio escritório, Sam sentou-se à mesa e pensou em si com desprezo. O sonhador com brilho nos olhos. Um Abe Lincoln amador. Advogados criminais faziam defesas inspiradas de assassinos reconhecidos, e ninguém os pensava antiéticos. Um homem firma um contrato de terras, de boa-fé. Então descobre que pode ganhar mais. Daí aparece com o chapéu nas mãos e diz: "Mostre-me como quebrar o contrato". E você encontra um detalhe técnico para quebrá-lo. Ele é o cliente. Ele paga pelo serviço. Mas foi um contrato feito de boa-fé, e do ponto de vista da imparcialidade, o detalhe técnico é um absurdo.

Pare de choramingar, Bowden. Todos são adultos. Pare de marchar de um lado para o outro com suas bandeirinhas. Cady atira contra seus filhos enquanto você fica aí chorando sobre seu diploma, folheando todos os livros empoeirados atrás de um meio de algemá-lo dentro da lei.

Ligou para a Apex e deixou seu número para Sievers.

Às quinze para as seis, quando quase ia embora, Sievers telefonou e eles combinaram de se encontrar em dez minutos, em um bar a três quadras do escritório de Sam. Ligou para Carol e disse que se atrasaria. Ela disse que as crianças estavam bem, que Bucky tivera outro ataque de choro por causa de Marilyn quando chegaram da escola, mas não durou muito. Todos tinham ido ao córrego com Jamie e Mike, procurar uma pedra. Ela levara junto a bolsa de palha. Encontraram uma pedra boa e tiveram uma dificuldade enorme para carregá-la todo o caminho de volta.

Sievers estava parado junto ao balcão quando Sam entrou. Acenou com a cabeça, esperou que Sam pegasse uma bebida e depois se dirigiram para uma mesa afastada, bem distante da *jukebox* e oposta ao banheiro dos homens.

"Falei com o delegado Dutton hoje. Ele não vai fazer nada."

"Não vejo como poderia. Se você tivesse mais bala na agulha, talvez desse para arranjar algo. Mas ele ainda ficaria relutante. Aliás, ele é um policial de primeira, aquele cara. Tranquilo, calmo e duro feito rocha. Você quer fazer aquilo sobre o que falamos?"

"Eu... acho que sim."

Sievers carregava um sorrisinho. "Sem mais conversa sobre os meios legais?"

"Tive o bastante de conversas desse tipo hoje para me deixar ocupado por um bom tempo."

"Você mudou."

"Por causa do que aconteceu. Na sexta ele apareceu e envenenou minha cachorra. Cachorra das crianças. Não tenho provas. Sábado, apareceu no estaleiro, todo durão."

"Ele vai amolecer."

"Você pode fazer aquilo que disse?"

"Dá para ser feito por trezentas pratas, Bowden. Não sou eu quem vai arrumar as coisas. Tenho um amigo. Ele tem os contatos certos. Vai mandar três para cima dele. Conheço o lugar, é nos fundos da Jaekel Street, 211. Tem um galpão e uma cerca perto de onde ele deixa o carro. Eles vão esperar no ângulo certo da cerca e do galpão."

"Que quê... eles vão fazer?"

"O que diabos você acha? Eles vão encher o cara de porrada. Com dois canos de ferro e uma corrente de bicicleta, vão fazer como profissionais. Mandá-lo para o hospital." Seus olhos mudaram, ficaram distantes. "Eu fui espancado por profissionais, uma vez. Ah, eu era um rapaz durão. Tinha certeza de que eles não poderiam me machucar se não me matassem. Que eu me ergueria num salto, que nem Mike Hammer. Mas não é assim que funciona, sr. Bowden. Eles lhe acertam e acertam. Acho que é a dor. E o fato de eles não pararem. Fazem com que você implore, e ainda assim não param. A coragem e o orgulho vão embora de você. Eu não prestei para nada por dois longos anos. Estava perfeitamente saudável, mas vivia assustado. Muito assustado. Não estava pronto para apanhar daquele jeito outra vez. Então comecei a me recuperar. Aconteceu há dezoito anos, e mesmo hoje eu não sei se voltei a ser completamente o que era antes. E sou mais durão que a maioria. Não houve nenhum homem — e, veja bem, eu vi esses camaradas fazendo o serviço — que não tenha ficado imprestável depois de passarem por um espancamento profissional. Ficaram sobressaltados para o resto da vida. Você está fazendo a coisa certa."

"Há alguma chance de que eles possam matá-lo por acidente?"

"Eles são profissionais, Bowden!"

"Sei disso. Mas pode acontecer."

"Uma vez a cada dez mil. Mesmo assim, estamos seguros. As ordens passam por muitos canais. Mesmo se alguém fosse se importar, o que ninguém vai, eles não chegariam até você."

"Dou um cheque a você?"

"Deus do céu, não! Dinheiro. Quando você pode arranjá-lo?"

"Amanhã, na hora em que o banco abrir."

"Traga-o aqui à mesma hora, amanhã. Vou começar a mexer as coisas ainda hoje."

"Quando você acha que vai acontecer?"

"Amanhã à noite ou na quarta à noite, não mais que isso." Terminou sua bebida, pousou o copo e deslizou para fora da mesa.

Sam olhou para ele, sorriu sem jeito e disse: "Esse tipo de coisa acontece muito? Sou bastante ingênuo, parece".

"Acontece. As pessoas ficam muito sabidas, e têm que ser colocadas no lugar. Às vezes esse é o único jeito de fazê-las captar a mensagem."

"Essa é uma das expressões preferidas de Cady."

"Então ele vai ficar bem contente."

"Pelo quê?"

"Por captar a mensagem."

Guardou as três histórias até que os meninos estivessem na cama e Nancy, em seu quarto, estudando para a última prova do ano. Carol ouviu, o rosto imóvel e distante. Sentavam-se lado a lado, no sofá da sala de estar. Ela estava sentada sobre as pernas dobradas, o joelho roliço e quente pressionando a coxa dele. Ficava girando a pulseira de prata sem parar.

"Então você vai pagar trezentos dólares para que o espanquem até quase a morte?"

"Sim. Vou. Mas você não entende? É o único..."

"Oh, querido, não tente explicar ou se desculpar. Não quis dizer isso. Estou exultante. Sinto-me ótima sobre isso. Eu apararia grama e lavaria a roupa dos outros para juntar esses trezentos dólares."

"Acho que as mulheres são mais primitivas."

"Esta aqui é. Esta aqui definitivamente é."

Ele se levantou, inquieto. "Ainda assim é algo errado de se fazer. É errado que exista a possibilidade de fazer algo assim."

"Como?"

Encolheu os ombros. "Imagine que um cliente decepcionado resolve que preciso de um tratamento parecido. Se ele tiver os contatos certos, pode conseguir que façam o serviço. Faz o mundo parecer uma selva. Deveria haver lei e ordem."

Ela se dirigiu a ele, colocou os braços em sua cintura e o olhou. "Pobre Samuel! Querido, talvez seja uma selva. E nós sabemos que há um animal na mata."

"Não estou sendo claro. Se esse *for* o jeito certo de agir, então todas as bases da minha vida estão ruindo."

Ela fez uma careta. "Eu estou ruindo?"

"Só um pouco. Quero dizer minha vida profissional."

"Você não consegue enxergar, seu ganso, que esta não é uma situação racional? A lógica o leva para um beco sem saída. Em algo assim, você age por instinto. E esta é a melhor ferramenta das mulheres. Eu sei que você fez exatamente a coisa certa. Eu teria feito. Gostaria de ter resolvido isso, e não você. Querido, você é um homem muito bom."

"Tenho ouvido isso um pouquinho demais."

"Não precisa *rosnar* para mim!"

"Tudo bem. Sou um homem bom. Estou pagando trezentos dólares para mandar outro homem ao hospital."

"E ainda assim é um homem bom. Você sofre demais. Pare com todas essas teorias filosóficas. Apenas me ajude a me alegrar, porque agora já não estou com medo, e é uma coisa muito boa não estar com medo. Estou só com um pouquinho de medo porque a coisa não aconteceu ainda, mas assim que acontecer vou me tornar a esposa mais alegre na cidade. Se isso me transforma em uma bruxa sanguinária, que seja."

Depois que Carol dormiu, ele saiu devagar da cama e sentou-se na cadeira próxima à janela do quarto, levantou a persiana com cuidado silencioso, acendeu um cigarro e olhou para fora na direção da estrada prateada e do muro de pedra. A noite estava vazia. Seus quatro incrivelmente preciosos reféns da sorte dormiam profundamente. A Terra girava e as estrelas brilhavam altas. Tudo isso, dizia a si mesmo, era realidade. Noite, Terra, estrelas e o descanso de sua família. E a outra coisa que sempre parecera tão valiosa era apenas um código velho e empoeirado que permitia aos homens viverem perto uns dos outros com alguma paz e segurança. Em tempos antigos, os anciões da aldeia puniam aqueles que infringiam os tabus. E a lei inteira era uma superestrutura vasta e sobrecarregada, construída na ideia básica de que o grupo apoiaria a punição dos dissidentes. Era um rito tribal, com perucas brancas, togas e juramentos. Acontecia simplesmente de não se aplicar a sua própria situação. Ainda há dois mil anos ele poderia sentar no conselho dos anciões, explicar o perigo e ganhar apoio da vila, e o predador seria apedrejado até a morte. Então essa ação era um complemento da lei. Portanto, era correta. Mesmo assim, quando voltou para a cama, ainda não era capaz de aceitar sua racionalização.

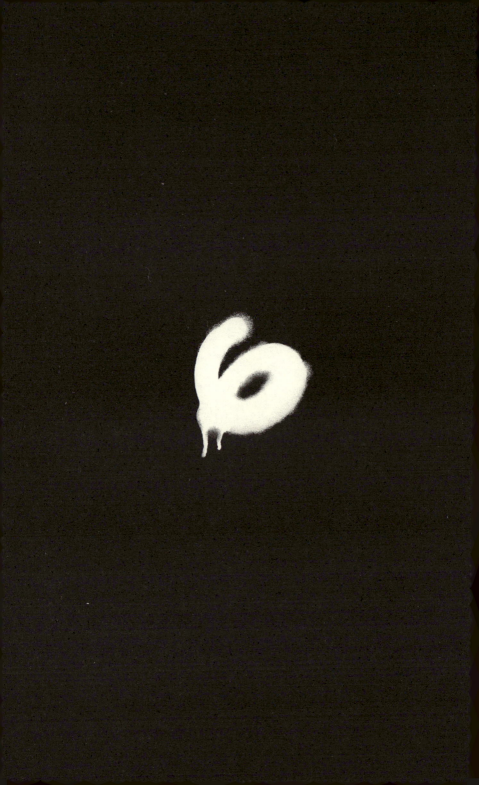

CAPÍTULO SEIS

Sievers não deu notícias na quarta-feira, e Sam não pôde encontrar nada nos jornais. Na quinta, às nove e meia da manhã, recebeu uma ligação de Dutton.

"Aqui é o delegado Dutton, sr. Bowden. Tenho algumas novidades sobre seu garoto."

"Sim?"

"Nós o detivemos por desordem, distúrbio à paz e resistência à prisão. Ele se meteu em uma briga ontem, por volta da meia-noite, no quintal da pensão da rua Jaekel. Três baderneiros locais o atacaram. Deixaram umas boas marcas nele antes que pudesse se soltar. Um conseguiu fugir e dois estão hospitalizados. Um deles foi arremessado pela parede de um galpão, ganhou ferimentos múltiplos e uma distensão na coluna. O outro está com a mandíbula fraturada, o pulso quebrado, uma concussão e algumas costelas arrebentadas. Eles o espancaram com pedaços de cano e rasgaram sua cara com uma corrente."

"Ele vai ser preso?"

"Com certeza, sr. Bowden. Ele estava tonto, acho, o quintal estava escuro e ele esmurrou um policial quando deu com ele, achatou seu nariz como uma folha de papel. O segundo policial o derrubou com um cassetete, então o levaram e deram pontos em seu rosto, depois foi trancado no camburão. O juiz Jamison tem audiência esta noite, vamos ver o que fazemos com ele hoje. Ele fica gritando por um advogado. Quer pegar o caso?"

"Não, obrigado."

"O juiz Jamison não colabora tanto quanto alguns outros, mas acho que vai fazer um bom serviço. Apareça por volta das oito e meia e você vai ver como ele trabalha."

"Estarei lá. Delegado, é cedo demais para perguntar o que descobriram em Charleston?"

"Não. Aconteceu como eu previa. A mulher foi contatada em casa, pela polícia de Charleston. Admitiu que foi casada com Cady e afirmou que não o vê desde que foi preso. Disse nem saber que ele havia sido solto. Uma pena."

"Obrigado por tentar."

"Lamento não ter mais do que isso, sr. Bowden."

Sievers telefonou às quatro e pediu que Sam o encontrasse no mesmo lugar. Sam chegou primeiro. Levou sua bebida para a mesma mesa e esperou. Quando Sievers chegou, sentou-se de frente para Sam e disse: "Você devia ser reembolsado".

"O que aconteceu?"

"Eles se descuidaram. Eu mandei o aviso de que o bicho era cascudo. Tentaram dar umas pancadinhas nele e, quando ele não cedeu, deram mais algumas. Daí já era tarde. Ele arregaçou aqueles meninos de cima a baixo. O que fugiu tomou um soco no estômago antes. Ainda não consegue respirar direito, pelo que ouvi. O pessoal já está comentando. Vai ser difícil arrumar mais gente para tentar uma segunda vez. Ouvi dizer que quando um deles atravessou a parede, parecia uma bomba explodindo. Sinto muito por isso ter dado errado, sr. Bowden."

"Mas ele vai para a cadeia."

"E vai ser solto."

"Então o que eu faço?"

"Pague por outro tratamento, acho. E é melhor gastar uns mil nesse cara. Ele não vai ser pego desavisado outra vez."

Quando Sam chegou em casa, Carol já sabia da maior parte das informações pelo jornal da noite, um único parágrafo na última página que dava o nome dos dois hospitalizados e a notícia da prisão de Cady.

"Você vai lá?"

"Não sei."

"Por favor, vá e traga notícias, querido."

A audiência da noite estava lotada. Sam sentou-se no fundo. Havia um murmurinho interminável e o arrastar de passos, um ir e vir constante, então ele não podia ouvir uma palavra do que estava acontecendo. O teto era alto e as lâmpadas pendentes criavam sombras acentuadas. O juiz Jamison possuía a maior aparência de tédio que Sam já vira na vida. Os bancos eram estreitos e duros, a sala cheirava a charuto, poeira e desinfetante. Quando viu uma oportunidade, correu para a terceira fileira antes da balaustrada. O caso de Cady seria julgado às nove e quinze. À frente do juiz se alinhavam um dos promotores públicos, Cady, um advogado jovem que Sam já vira nos encontros da associação, mas cujo nome não se recordava, e dois policiais uniformizados.

Sam, esforçando-se o máximo que podia, era capaz de ouvir apenas uma palavra aqui e outra ali. O advogado de Cady, num tom sincero, parecia estar reforçando o fato de que o ataque ocorrera em uma propriedade da qual Cady alugava um quarto. O policial com curativo no nariz testemunhou em uma monotonia indistinta. Quando o barulho na corte se elevava demais, o juiz batia seu martelinho de forma indolente.

O promotor e o advogado de defesa debateram vivamente, ignorando o juiz por algum tempo. Ele bocejou, bateu o martelo novamente e declarou uma sentença que Sam não conseguiu ouvir. Cady acompanhou seu advogado e pagou uma taxa para o escrevente sentado a uma mesa. O meirinho começou a conduzi-los para uma porta lateral, mas Cady estacou e olhou para trás, aparentemente procurando algo na corte. Atravessando sua bochecha na diagonal, o curativo era uma grande faixa branca. Seu rosto, inchado e roxo. Sam tentou se esconder atrás do banco, mas Cady o viu, ergueu a mão, sorriu e disse de forma bem audível: "E aí, tenente, como vão as coisas?".

E foi levado dali. Sam falou com três pessoas antes de descobrir o que acontecera. Cady fora julgado culpado da agressão ao oficial. As outras duas queixas haviam sido rejeitadas. Ele foi sentenciado a uma multa de cem dólares e trinta dias na prisão municipal.

Levou as novidades para Carol. Tentaram se convencer de que eram boas novas, mas elas não eram muito reconfortantes. Os sorrisos surgiam rígidos e esmoreciam rapidamente. Mas, pelo menos, seriam trinta dias de alívio. Trinta dias sem medo. E trinta dias de apreensão pelo medo que viria. Considerando o moral da casa, Cady não poderia ter planejado melhor.

A escola havia acabado, as restrições sobre as crianças foram suspensas e um verão dourado começava. Os trinta dias de Cady começaram oficialmente no dia dezenove de junho. Seria solto na sexta, dezenove de julho.

Eles tinham planejado que Nancy iria novamente para o acampamento de verão, e ela pedira para ficar por lá durante seis semanas, dessa vez, e não apenas um mês. Seria seu quarto ano em Minnatalla, provavelmente o último. As seis semanas teriam início no primeiro dia de julho. Jamie voltaria para seu segundo ano em Gannatalla, o acampamento para meninos a cinco quilômetros, sob a mesma administração. Os acampamentos ficavam às margens de um laguinho no sul do estado, duzentos e vinte e cinco quilômetros de Harper. Os planos para eles haviam sido definidos em reunião de família, em abril, quando as inscrições tinham de ser feitas. Depois de pesarem todos os fatores, o pedido de Nancy pelas seis semanas foi autorizado. Então Jamie reclamou ardentemente por estar limitado a um mês apenas. Argumentaram que Nancy não tinha autorização de ficar mais de um mês, na idade dele, e ele fez com que garantissem que se inscreveria para seis semanas quando fizesse catorze anos. Bucky se manteve impassível e indignado durante todo o tempo. Não fazia qualquer diferença para ele que seus acampamentos começassem em três anos. Três anos eram metade de sua vida inteira. Era uma eternidade. Ele era uma triste vítima de uma discriminação desnecessária. Todos deveriam ir.

Quando ele finalmente se resignou a passar o verão inteiro em casa, apareceu com uma série de opiniões convictas sobre acampamentos. Eram lugares péssimos. Você tinha que dormir na chuva. Os cavalos davam coices e os barcos tinham furos, e se você não se lavasse seis vezes por dia, eles lhe batiam e batiam.

Depois que todos os arranjos estavam feitos, Nancy começou, devagar, a mudar de ideia conforme o verão se aproximava. Seu corpo e emoções estavam mudando de menina para mulher. Era óbvio, pela sua atitude, que passara a ver os acampamentos de verão como coisa de criança. Uma porção da sua turma estaria por Harper durante o verão. Ela mencionou garotos que começariam a trabalhar na nova estrada, uma super-rodovia que estava para ser construída e cruzaria a 18 cinco quilômetros ao norte da cidade. Pensou que talvez pudesse arrumar um trabalho no centro. Mas Sam e Carol acharam melhor para ela estender sua infância por mais um verão de natação, cavalgada, trabalhos manuais, culinária, trilhas e cantoria em volta da fogueira.

Nancy não estava zangada, nem se lastimando. Quando ficou claro que ela iria de qualquer jeito, entrou no que Sam chamava de condição de duquesa. Era uma indiferença majestosa e condescendente, pontuada por suspiros significativos e fungadas quase inaudíveis. Ela estava acima de todos eles e, claro, seria transigente com quaisquer de suas ideias, não importava quão infantis fossem.

Mas em algum momento na semana seguinte à prisão de Cady, houve uma mudança clara de atitude. Nancy se tornou animadíssima com os planos, excitada, demonstrando um prazer ansioso. A mudança deixou Sam e Carol intrigados.

Uma noite, Carol disse a Sam: "Mistério desvendado. Coloquei-a contra a parede hoje. Ela estava pondo o vestido vermelho na mala, com um jeitinho furtivo que denunciava tudo. Então eu disse que seria um belo de um traje de gala para escalar montanhas. Daí ela me contou, enérgica e bem arrogante, que há noites de socialização, quando os dois acampamentos se juntam. Eu disse que estava bastante ciente disso, e que também estava ciente de a idade máxima para os jovens cavalheiros de Gannatalla ser quinze anos. Portanto, o vestido vermelho seria como atirar em grilos com um rifle de caça. Em vez de ser acusada de baixar as expectativas, ela confessou que Tommy Kent vai trabalhar como diretor-assistente de esportes este ano em Gannatalla."

"Oh!"

"Sim, exatamente. Oh! Os campistas são vigiados de perto, mas as meninas que trabalham no Minnatalla não têm supervisão tão rígida, e Tommy provavelmente vai se aproximar muito de alguma delas, de dezoito ou algo assim, e quebrar o coração da nossa princesinha."

"É um risco calculado. Mas estou feliz pelo hábito da duquesa ter terminado, de todo modo. Dia vinte ela faz quinze anos. Que dia da semana é?"

"Sábado, este ano. Podemos ir até lá, levar presentes." Parou e deu uma olhada aflita para ele. "Eu não tinha pensado nisso. É o dia seguinte à..."

"Eu sei."

"E agora? Nance e Jamie estarão seguros lá?"

"Imagino que ele possa descobrir onde eles estão. Quase qualquer um na cidade sabe para onde eles vão. Pensei sobre isso. Você sabe como as coisas são por aqui. Eles viajam em bandos. Bandos grandes e barulhentos, cheios de entusiasmo e energia. Pensei em falar com as crianças e conversar com a administração quando chegássemos. Mas ter Tommy por lá pode simplificar as coisas. Posso falar com ele. Acho que gosto daquele menino. Ele tem um quê de competência."

"Você tem que se apressar, então. Eles têm um encontro hoje à noite, e ele parte amanhã cedo. Tem que chegar lá antes para ajudar a preparar o acampamento. Hoje vão ao baile de caridade dos bombeiros, ele vem buscá-la às oito."

"Nunca pensei que essa rotina fosse começar tão logo."

"Nós garotas de sangue indígena crescemos rápido."

Naquela noite, Nancy devorou o jantar e estava pronta às quinze para as oito. Sam abordou-a na sala de estar.

"Bastante rústico", disse, aprovador.

"Pareço bem?"

"Como se chamam essas coisas?"

"Isto? É uma calça rancheira de garotas. Têm o corte quase que nem o dos homens."

"Quase que nem. E apenas para agradar a curiosidade besta deste velho pai, como exatamente você entra nela?"

"Ah, isso é fácil! Vê aqui na lateral das pernas? Zíperes escondidos, do joelho até a cintura."

"Muito eficiente com essa camisa. Parece a toalha de mesa de um restaurante italiano. Nance, querida, acredito que você tenha contado a Tommy sobre nosso... problema."

"Ora, claro!"

"Quando ele chegar, você se incomoda de fingir que não está pronta ainda? Assim eu posso ter uma conversinha com ele."

"O carro vai estar cheio de crianças, papai. O que você quer dizer a ele? Quero dizer, espero que você não soe..."

"Vou levá-lo para longe dos outros, querida, e não vou envergonhá-la."

Ainda havia algum sol às oito horas, quando Tommy chegou, e o longo crepúsculo de verão começava a se tornar sombras azuis sob as árvores. Sam desceu da varanda e foi ao encontro de Tommy quando ele estava na metade do jardim, vindo pela estradinha."

"Fazendeiro Brown, eu presumo", disse Sam. Tommy vestia uma jardineira, camisa azul de trabalho e um chapéu de palha.

"Roupinha bem brega, não acha, senhor?"

"Um uniforme apropriado para a ocasião. Nancy estará pronta em poucos minutos. Eu gostaria de falar com você um minuto, Tommy."

Notou uma breve expressão apreensiva e por um instante soube exatamente no que Tommy estava pensando. Sentia no ar aquele papinho de pai falando sobre a filhinha ser muito nova, sobre não poder ficar fora até tarde e assim por diante.

"Sim, senhor?"

"Nancy disse que contou a você sobre o homem que está nos atazanando."

"Sim, ela contou. Não consigo lembrar o nome. Brady?"

"Cady. Max Cady. Está na cadeia agora. Mas será solto dia dezenove do mês que vem. Você é crescido o bastante, então posso contar de uma vez. Eu acho que esse homem é perigoso. Sei que ele é. Quer me atingir através da minha família. É o jeito que pode me ferir mais. Pode ser que ele vá ao acampamento. Quero dar uma responsabilidade a mais para você. Quero colocar Jamie sob sua asa. Tenha certeza de que ele nunca vai estar sozinho. Pode falar para as outras pessoas de lá. Acredito que você consiga o maior grau de alerta se disser a eles que há a ameaça de um sequestro. Minha esposa e eu conversamos sobre isso e achamos que ele vai estar mais seguro lá do que aqui. Você pode fazer isso?"

"Sim, senhor. Mas e quanto a Nancy?"

"Você vai estar a cinco quilômetros do outro acampamento. Vou conversar com eles quando levarmos as crianças. Ela é mais velha que Jamie e é menos provável que esqueça de tomar cuidado. Mas eu acho que... ela é um alvo mais óbvio. Vou tentar lidar com o problema aqui quando Cady for solto. Se conseguir, aviso a você na mesma hora, Tommy."

"Compreendo que não haja muitos homens em Minnatalla", Tommy falou, incerto.

"Eu sei disso. Você vai se encontrar bastante com Nancy, imagino. Lembre-a sempre de estar junto do grupo. Ela já viu Cady. Vai ser de uma ajuda enorme para ela." Deu a Tommy uma descrição detalhada do homem e disse: "Se alguma coisa acontecer, não tente ser impulsivo ou heroico. Você é forte e atleta, mas não vai ser páreo para ele. O homem tem o tamanho, a velocidade e a crueldade de um urso. E não acho que você consiga pará-lo com uma chave grifo".

"Entendo."

"E entenda isso também: eu não estou sendo dramático."

"Sei disso, senhor. Sei sobre a cachorra. Nunca ouvi nada desse tipo antes. Vou me assegurar de que os dois estejam bem, sr. Bowden. Não vou pisar na bola."

"Sei que não vai. E lá vem a dama do fazendeiro."

Olhou-os caminharem até o carro estacionado. Houve assobios prolongados quando Nancy se aproximou dele. Depois de partirem, acenando e gritando, Sam voltou para a varanda. Quando Carol apareceu, trazendo um copo alto de gim tônica como inesperada gratificação, ele disse: "Estou pensando sobre pêndulos".

Sentou-se no parapeito, perto dele. "Palestra do Bowden."

"Você sempre sabe, não sabe?"

"Claro, querido. Sua voz fica um pouquinho mais grave e você fala de um jeito mais articulado. Vamos lá."

"Se eu pudesse ensaiar, acho que seria melhor. Suspeito que estamos perto do fim dos dias glamourosos de delinquência juvenil. Acho que um tipo bem incomum de crianças está vindo aí. Boas crianças, mas estranhas. Ficaram aborrecidos com o desregramento dos mais velhos, com as filosofias animais dos contemporâneos. Estão cansados de usar o fantasma do serviço militar como desculpa para criar tumultos e desordens. É um tipo bastante moral de crianças. São sofisticados, mas escolhem praticar a moderação. Parecem ter um senso de propósito moral e objetivos decentes que, sabe Deus, são bons. Mas eles me assustam um pouco. Fazem com que eu me sinta um velho decrépito e degenerado. Tommy é um bom menino. O pêndulo está voltando."

Ela pousou o copo devagar sobre o parapeito e bateu palmas, solenemente. "Bravo, bravo!"

"Agora pare de me dar ouvidos, sente aqui comigo nessa pintura de crepúsculo e vamos ouvir os insetos."

"Essa miríade de insetos, por favor."

"Dá para saber a temperatura pelos grilos."

"Foi o que você me disse uma centena de vezes."

"Outro sinal de velhice. Banalidade e repetição. E esquecimento, porque nunca consigo lembrar da frase que você usa sobre os grilos."

"Digamos que quando os grilos cantam lá fora, é quente o bastante."

"Certo."

Sentaram-se em silêncio enquanto a noite chegava. Jamie e alguns de seus amigos brincavam no celeiro. A algazarra de suas vozes se mesclava à música dos insetos. Sam tentou se afundar por completo nos ritmos sutis da noite de verão, mas não conseguia parar o tique-taque do relógio no fundo de sua mente. Cada segundo os levava mais perto da volta do perigo. E ele sabia que Carol também ouvia esse relógio. Era, pensou, algo como o conhecimento de uma doença fatal. Fazia as belezas imediatas mais vívidas, todos os prazeres mais pronunciados, mas ao mesmo tempo maculava essa beleza e esse prazer com uma pungência desoladora.

Quando o telefone tocou, Carol saiu para atender e voltou dizendo: "Hora de dispersar. Vá e faça aquele grupo atômico circular, querido".

"Atômico?"

"Onde você esteve? Eles estão construindo um carro de corridas atômico."

Ele dispersou o grupo. As luzes das bicicletas subiram a estrada e planos para o dia seguinte foram gritados para lá e para cá. Era o mundo maravilhoso de todos os verões da infância. A televisão, depois de ter sido fonte de preocupação por algum tempo, estava novamente sob controle.

Verão era época de usar os músculos, tempo de correr e gritar. O verão era a época em que a cachorra castanha estaria correndo ao lado deles, trombando nas pernas bronzeadas e fazendo-os cair, suportando o balanço da corrida no carro atômico, latindo com frustração por não poder subir junto nas árvores, desabando sobre as patas em seu canto à noite para entrar em um mundo de sonhos no qual suas patas se agitavam enquanto corria, com completa bravura, atrás dos monstros que afugentara e que alçaram voo.

Saíram para o acampamento bem cedo, na segunda-feira, primeiro de julho. A maioria dos pais haviam levado os filhos no domingo, e esse tinha sido o plano original, mas depois de uma conversa de família, Sam resolveu levá-los na segunda para que pudessem, no domingo, fazer um piquenique na ilha. O dia na ilha fora perfeito. Na volta para casa, enfrentaram vento forte e Bucky, aceitando seu Bonamine, remédio para enjoo, um pouco tarde demais, passou a última meia hora de viagem se agarrando à balaustrada, profundamente indignado com seu próprio estômago, sabendo que era traído.

Cedo pela manhã, o excitamento torcera o estômago de Jamie em um nó. Ele não conseguia comer. Conferiram as listas. Mike Turner apareceu para se despedir com tristeza de Jamie. O carro estava carregado, a casa trancada, e partiram. Bucky estava contagiado pela excitação dos outros, mas na volta para casa, ficaria submerso em uma melancolia azeda até que, inevitavelmente, pegasse no sono no banco de trás.

Chegaram às onze, indo direto para Minnatalla a despeito dos protestos agudos e amarguradíssimos de Jamie, que precisou ser contido com firmeza. A programação da manhã era frenética. As amigas de Nancy, dos outros verões, acenavam e chamavam por ela. Assim que Sam e Jamie levaram a bagagem de Nancy para sua cabana, ele dirigiu até o chalé da administração e falou com o supervisor do acampamento, um homem novo, mais jovem que o que fora substituído. Não foi uma conversa muito satisfatória. O homem se chamava Teller, e Sam logo reconheceu seu tipo. Teller era bem daquele tipo de trabalhador oficioso que considerava as regras e normas mais importantes que as vidas humanas com que lidava. Foi condescendente de um jeito suave, e era claro que pensava estar tratando com um pai superprotetor.

"Nancy tem um histórico muito bom aqui em Minnatalla, sr. Bowden. Estamos felicíssimos por ela estar de volta, e tenho certeza de que terá um verão feliz e proveitoso."

"Estou certo que sim, sr. Teller, mas essa não é a questão", disse Sam, com paciência. "Estou preocupado com sua integridade física."

"Todas nossas campistas são supervisionadas cuidadosamente, sr. Bowden. Ficam ocupadas todos os minutos do dia. O apagar das luzes é seguido à risca, e temos um vigia noturno muito competente que faz a ronda no acampamento inteiro, quatro vezes por noite. Autorizamos todas com o broche de Minnatalla a irem até Shadyside no sábado à noite. Um dos monitores da equipe acompanha as campistas novatas, mas as veteranas podem..."

Sam interrompeu, sentindo como deveria lidar com Teller. "Ela tem vindo aqui há algum tempo. É o quarto ano. Acredito que estou tão familiarizado com esses detalhes quanto você. Nancy não deve ir a Shadyside nenhuma vez."

Teller pareceu aflito. "Mas isso é certamente injusto com a criança, sr. Bowden. Quando ela vir as outras tendo permissão..."

"Nancy está perfeitamente tranquila sobre não ir a esses passeios. Ela é... madura o suficiente para reconhecer o fato de que pode estar em perigo."

Teller corou. "Não sei quão inteligente é assustar uma criança, sr. Bowden."

"Não fiz nenhum estudo aprofundado sobre isso. Estamos de acordo? Sem passeios a Shadyside para Nancy?"

"Sim, sr. Bowden. Tenho certeza de que se ela precisar de alguma coisa, vai encontrar alguém que lhe faça compras."

"Estou certo de que ela vai encontrar umas duas dúzias de alguém que faça. Não é uma menina impopular."

"Tenho certeza disso."

A situação em Gannatalla foi mais tranquilizadora. Depois que Jamie ajeitou suas coisas e seguiu para as atividades programadas, Sam procurou pelo sr. Menard. Este reconheceu Sam do ano anterior. "Olá, sr. Bowden. Fico feliz de ter Jamie de volta."

"Eu queria conversar com você sobre..."

"Um possível risco de sequestro? Tommy Kent me informou. Deixei a equipe inteira de aviso. Disse a eles como lidar com isso. Não vamos tratar Jamie de nenhuma forma diferente dos outros, mas, sem sermos muito óbvios quanto a isso, vamos ficar de olho no menino, e ficar de olho em qualquer um zanzando por aí. Não queremos que vocês se preocupem com ele. Não há motivo para isso. E vou conversar com ele, sobre como ele pode colaborar."

"Eu realmente agradeço. Lá no departamento feminino, o sr. Teller me fez sentir como se eu estivesse inventando a coisa toda."

"Bert é novo e está se levando a sério um pouco demais, no momento. Era supervisor de parquinho. Na verdade, ele é muito melhor com crianças do que você imaginaria. Elas vão colocá-lo na linha em uma semana, e assim que eu tiver uma oportunidade, vou ter uma conversinha com ele."

"Vou gostar muito disso. Esse tipo de coisa... não é muito bom para os nervos."

"Alguém que persiga os filhos de um homem o atinge bem na alma. Deus sabe o quanto nos preocupamos com as coisas que podem acontecer por acidente. Meu pior pesadelo é um deles se afogar. Faço os monitores contarem as cabeças a cada minuto, enquanto eles nadam."

"Tommy Kent parece ser um bom menino."

"Deixo-o saber em um mês. Temos muitos que começam bem. Trabalham como cavalos até que a novidade passe. Daí viram mais problema do que ajuda. Se Kent mantiver isso, é uma joia." Menard piscou para Sam. "E por acaso eu percebo uma preocupação mais que casual com a menina Bowden?"

"Acho que sim."

"Fica para almoçar conosco hoje?"

"Obrigado, mas precisamos voltar, sr. Menard. Estaremos de volta dia vinte, de todo modo, e provavelmente no dia trinta."

Na volta para casa, depois que Bucky dormiu, Carol disse: "Sei que precisa ser assim, mas odeio separar a família, sinceramente. Deixa a vida bem mais fácil, mas também mais vazia. Não quero nem ver o dia em que eles todos tiverem partido. Penso nisso às vezes, durante o dia, e a casa parece duas vezes mais vazia".

"Você pode adiar esse dia, querida esposa."

"Como?"

"Com um pouco de diligência e cooperação, acho que posso resolver isso de modo que... Hummm... você tem trinta e sete. Imagine que eles entrem na faculdade aos dezoito.

Dezenove mais trinta e sete. Pronto, meu bem, você teria cinquenta e seis antes que a casa ficasse completamente vazia. Quer dizer, considerando que comecemos os trabalhos imediatamente."

"Tarado de uma figa! Sua besta!"

"Só descobriu agora?"

Sentou-se mais perto dele. Vinte quilômetros se passaram. Ela disse, pensativa: "A gente fica sempre cínico e debochado a respeito de outro bebê. Fazemos piada sobre fraldas e penicos. Mas, sabe, se... esse negócio com Cady não estivesse acontecendo, eu gostaria de ter outro".

"Mesmo?"

"Acho que sim. Mesmo tendo que andar com aquele barrigão e tomar todos os cuidados, depois dar de mamar na madrugada e ainda ficar de olho para que ele não caia de cabeça. Sim, acho que sim. Porque eles são tão diferentes. Faz você pensar em como seria o próximo. Nossos três são — não sei como dizer —, são todos pessoas."

"Sei o que quer dizer."

"E fazer pessoas é uma coisa especial. Uma responsabilidade especial e assustadora."

"Você disse que Bucky seria o último."

"Eu sei. E disse por três anos. Mas aí parei de dizer."

"Você não é uma jovenzinha, querida, mesmo que quase sempre faça parecer que sim."

"Os outros foram fáceis."

"Não foi o que você disse na época."

"Besteira! Fáceis para índias como eu."

"Mais vinte minutos e você vai pegar seus mocassins."

"Nancy ficaria horrorizada. E nossos amigos iam se entreolhar e falar sobre isso com indiferença."

"Mas você quer passar por isso ainda assim?"

"Não agora. Não enquanto... não soubermos."

"Vamos saber, eu acho. Logo, logo."

"E quando isso tiver terminado, conversamos outra vez, querido?"

"Vamos conversar outra vez."

"Você devia falar algo. Isso também lhe diz respeito. Vai mudar sua vida."

"Quando chegar no ponto em que eu não consiga mais lembrar todos os nomes, dou um basta nisso."

Estavam em casa às quatro horas. Bucky levantou sonolento e cambaleou para a casa, bêbado de sono. O céu estava escuro e baixo, as nuvens que corriam pareciam estar pouco acima dos olmos. O vento soprava úmido e tempestuoso, fazendo as janelas trepidarem. A casa tinha um ar de vazio. Quando, às seis, as gotas pesadas vieram, Sam tirou o carro para que a chuva lavasse dele o pó da estrada.

Julho chegara rápido demais, e dezenove dias não durariam muito tempo.

JOHN D. MACDONALD
CAPÍTULO SETE

Sievers telefonou para Sam na segunda de manhã, oito de julho, e foi ao escritório às dez e meia.

"Aconteceu uma coisa", disse. "Eles não me deram muita informação, como de costume. Estou sendo transferido. Califórnia. Vou coordenar uma das agências da Apex por lá. É uma promoção."

"Parabéns."

"Obrigado. Não me vai ser possível lidar com aquilo de que falávamos. Quero dizer, se você quiser continuar com isso."

"Eu estava querendo. Você não pode ajeitar isso antes de ir?"

"Muito em cima. Mas dei um jeito em algumas coisas para você. Quer anotar? Joe Tanelli, Maeket, 1821. É uma tabacaria com uma salinha de apostas nos fundos. Ele vai esperá-lo na quarta-feira, dia 17. Não dê seu nome. Mencione o meu. Ele vai saber sobre o que é. Vai querer quinhentos adiantados, e outros quinhentos depois do serviço feito. E vai arranjar um pessoal melhor que o da outra vez."

Para Sam, a situação era curiosamente irreal. Jamais pensara que tal conversa fosse possível em seu escritório. E não havia nada particularmente conspiratório na postura de Sievers. Ele poderia estar falando sobre o melhor lugar para comprar ovos frescos.

"Agradeço."

Sievers assumiu a expressão de um homem perdido em pensamentos do passado. "Costumava ser mais fácil antigamente, em outros lugares. Pense em Chicago ou Kansas City, Atlanta ou Birmingham nos anos trinta. Era mais barato. Dez pratas por uma perna quebrada. E duzentas, no máximo, se você quisesse alguém morto e ele não fosse importante. Só tem um punhado de assassinos de aluguel hoje, no país inteiro, e eles trabalham para o crime organizado. Mesmo que você os contatasse, o preço estaria lá nas nuvens. Um drogadinho custaria menos, mas o serviço seria malfeito. Os profissionais fazem um trabalho perfeito. Chegam de avião com uma boa história falsa. Dois ou três deles. Alugam um carro legal, ficam em um bom hotel. Acertam a hora e o lugar e fazem o serviço de um jeito rápido e limpo, daí vão embora. Amadores são sempre pegos e acabam fodendo com quem os contratou."

O riso educado de Sam soou forçado e oco. "Não estive pensando nesses termos, Sievers."

Ele voltou de suas lembranças e olhou para Sam. "Não quero deixá-lo mais nervoso do que você já está, sr. Bowden, mas posso lhe dizer uma coisa. Só por curiosidade, pedi para a Apex em Wheeling dar uma conferida nele. Quando não há um cliente específico, isso é feito como uma cortesia entre as agências. Os Cady são negócio antigo. Caipiras. Eram quatro irmãos, dois mais velhos que Maxwell e um mais novo. Max Cady não tinha nenhum registro antes da sentença militar, mas não era nenhum anjo. Nenhum dos Cady era. Max entrou no Exército depois de cortar feio o braço de um homem com uma garrafa quebrada. Foi uma confusão por causa de uma garota. O tribunal deu a opção de se alistar ou ir para a cadeia, então ele se alistou. Seu pai ficou a vida inteira entrando e saindo da prisão. Era um contrabandista de temperamento violento. Teve um derrame e morreu há três anos. Casou com a mãe dos garotos quando ela tinha quinze anos e ele, quase trinta. Ela vive com o caçula, e foi a vida inteira meio demente. O irmão mais velho morreu baleado há oito anos, em um tiroteio com agentes federais. O outro mais velho morreu em uma rebelião penitenciária na Georgia. Cumpria perpétua por homicídio. Fiquei com o orgulho ferido quando não consegui dar um jeito nele, mas agora não me sinto tão mal. Ele é um desses selvagens. Eles não pensam do jeito que as pessoas pensam. Teria sido preso de qualquer jeito, sendo pego por aquele estupro ou não. Esse pessoal não distingue o certo do errado. O único pensamento é se vão ser pegos ou não. Qualquer coisa que você possa fazer sem ser pego, vale a pena ser feita."

"Não existe um nome para isso?"

"Personalidade psicopática. Fazem a gente aprender os termos. Mas essa é uma classificação onde encaixam gente que não sabem mais como denominar. Gente que eles não querem tratar. Que não responde a nenhum apelo que você faça. A não ser, talvez, esse que estamos tentando." Levantou-se. "Tenho um monte de coisas para arrumar antes de partir pela manhã. Joe vai dar um jeito nisso para você."

Só muito tempo depois de Sievers ir embora foi que Sam pôde voltar a concentração para o trabalho. Respeitava Sievers por tê-lo dado todos os fatos repulsivos, mas isso servia para deixar Cady ainda mais abominável do que já era até então. Era como quando você, criança, via uma sombra assustadora se tornar maior, mais escura e ameaçadora conforme olhava para ela. Disse a si mesmo que Cady era humano e vulnerável. Disse a si mesmo que era vergonhoso ter medo de um homem. E decidiu que não havia sentido em contar a Carol o que Sievers descobrira. Ele contaria sobre os novos arranjos, mas ela não precisava de mais motivos para temer Cady.

Na sexta-feira, dia doze de julho, depois da louça do jantar estar lavada, Sam desviou os olhos de seu livro ao ouvir um som estranho vindo de Carol. Ela estava no sofá, lendo o jornal. Baixou-o e olhou para Sam com uma expressão curiosa.

"Qual o problema?"

"Como é o nome daquele homem que você precisa ver na quarta à noite?"

"Tanelli. Joe Tanelli."

"Venha ver uma coisa."

Sentou-se ao lado dela e leu o obituário de Joseph Tanelli, 56 anos, Rose Street, 118, que morrera na noite anterior de ataque cardíaco, no Hospital Memorial. O sr. Tanelli fora um comerciante varejista em New Essex pelos últimos dezoito anos. Havia uma lista enorme de familiares.

"Provavelmente não é o mesmo, querida."

"Mas e se for?"

Respondeu com confiança. "Mesmo que seja, posso contatar outra pessoa nesse endereço que Sievers deu."

"Tem certeza?"

"Quase absoluta."

"Não acho que você deva esperar até quarta-feira, querido. Acho que deveria ir amanhã à noite."

"Nós não temos que ir à festa dos Kimball?"

"Posso ir sozinha e você me encontra lá."

"Eu vou amanhã à tarde."

"À tarde? Isso parece aquele tipo de coisa que deve ser feita à noite, de certo modo."

"Posso descobrir alguma coisa à tarde, pelo menos. Se é o mesmo homem."

Mas sob sua confiança ele sabia que era o mesmo homem. Uma sorte maligna estava dando a Cady todos os coringas do baralho.

Fazia um calor brutal na Market Street às quatro da tarde. Sam encontrou um parquímetro na altura do 1800 e com cuidado trancou o carro. Era uma vizinhança onde você trancava o carro automaticamente. O número 1821 não tinha nenhum letreiro de propriedade nem administração, e sua porta ficava dois degraus abaixo do nível da calçada. A vitrine pequena, quase opaca de tanto pó, continha alguns cartazes de refrigerante e propagandas de charuto. Em dourado, desbotando, estava escrito no vidro TABACARIA CANDY. Não batia sol daquele lado da rua. Meia dúzia de degraus de pedra subiam até a entrada do prédio vizinho. Uma ruiva gordona estava sentada no fim da escada, seu corpo seboso empapando o vestido rosa que usava. Tomava golinhos curtos de uma lata de cerveja.

Ele desceu e tentou abrir a porta, mas estava trancada.

"Não abriram por causa do Joe, querido", uma voz alta e estridente informou. Ele ergueu os olhos para a cara redonda da gordona. Era mais jovem do que ele imaginara quando olhou de relance a primeira vez. "Pois é, Joe bateu as botas. Alguém o dedurou e ele teve um ataque do coração por isso." Ela riu.

Ele voltou para a calçada e olhou para ela. "Você tem ideia de quando vão abrir de novo?"

"Diabos, eles estão abertos. É só a porta da frente que está trancada, um tipo de gentileza para com Joe. Você sabe. Não sei quem está tocando os negócios ou quem vai assumir permanentemente, mas eles não iam perder um dia de ação. Especialmente um sábado."

Percebeu que ela já estava alegrinha. "Como eu entro?"

"Olha, se você quer entrar, doutor, desce até a primeira viela e segue até os fundos, depois vira à esquerda e bate na terceira porta que encontrar. Mas aqueles cavalos vão abocanhar até a morte, toda vez. Então vamos supor que você tenha vinte contos para gastar. Acontece que tem uma loirinha lindíssima bem aqui nesse prédio que está morta de tédio. Você sabe, ela é cantora e tinha uma banda, mas eles debandaram e ela agora precisa arrumar um troco para chegar até o litoral, onde tem uma audição agendada. A menina é uma estudante honesta que só Deus, e..."

"Não, obrigado. Hoje não."

Olhou feio para ele. "Apostadores", disse. "Malditos apostadores de cavalos."

Ele agradeceu e seguiu suas instruções. A porta era pesada e sem qualquer janela. Abriu-se quinze centímetros e um rosto branco de farinha, com olhos enrugados, apareceu e disse: "Quê?".

"Eu... eu quero falar com quem estiver no comando." Podia ouvir um murmúrio de vozes atrás da porta.

"Sobre o quê?"

"Eu... Sievers me mandou."

"Espere aí." A porta se fechou. Passou-se um minuto inteiro. Abriu novamente. "Ninguém nunca ouviu falar de Sievers nenhum."

"Joe Tanelli o conhecia."

"Isso é ótimo." Os olhos enrugados pareciam olhar através e além dele.

"Digamos... que eu quisesse fazer uma aposta."

"Vá ao hipódromo."

"Espere um pouco..." Mas a porta se fechara com firmeza. Ele aguardou alguns minutos e bateu outra vez.

"Olha aqui, amigo", começou o rosto branco.

"Escuta. Joe estava para fazer uma coisa por mim. Agora ele não pode. Mas eu ainda preciso que essa coisa seja feita e ainda vou pagar por ela, então quero saber com quem eu falo."

"Comigo. Então, o que é?"

"Não posso contar se ficar parado aqui no beco."

"Olha, camarada, eu recebo ordens. Não faço acordos privados. Joe fazia. Ele tinha seus esquemas, eu tenho os meus. Agora volte para sua turma e diga que nem conseguiu entrar aqui." A porta começou a se fechar e de repente se abriu de novo. "E não fique perambulando por aqui, camarada, e não bata mais na porta ou alguém vai aparecer para ter uma palavrinha com você." A porta se fechou num baque.

Sam não foi embora da região até quase dez da noite. Nos filmes, aquilo era sempre tão fácil de conseguir. Os tipos sinistros estavam sempre disponíveis ao herói. Entrou nos bares mais barra-pesada que encontrou. Nunca fora de entabular conversa com estranhos. Tentou falar com aqueles que pareciam mais se encaixar na situação, e conduziu a conversa até poder apresentar seu problema de um modo hipotético. Agora vamos imaginar, só como exemplo, que esse meu amigo queira pagar para que deem uma surra no cara que anda dando em cima de sua esposa.

"Seria melhor o maluco juntar dois amigos e dar um jeito nisso ele mesmo. Ou deixar o cara levar a mulher. Provavelmente vai ficar melhor sem ela."

Um homem parecia ter violência e astúcia apropriadas. Mas depois da pergunta feita, ele disse: "Que seu amigo dê a outra face e peça perdão a Deus por estar tramando o mal. Que ele se ajoelhe e ore para que o sedutor veja o pecado em suas ações e para que a libertina reencontre o caminho de volta a Cristo".

Desanimado, resolveu mudar a abordagem. Quem controla a cidade? Quem é o chefão do submundo de New Essex?

Um garçom tristonho deu-lhe uma aula sobre o assunto. "Chefe, é melhor ficar longe daquele papo da televisão.

No que diz respeito ao crime organizado, esta cidade está fora para o almoço. Nada é organizado e eu rezo a Deus para que nunca seja. Há um par de esquemas incertos, algumas garotas que encontrar, e de vez em quando aparece um traficante da erva, e vez ou outra o pessoal usa a força para colocar tudo sob controle. Mas não tem chefe nenhum porque ninguém controla as áreas. É disso que as máfias tiram força. Se você controla os votos de um quarteirão, pode pagar para que os políticos mantenham a polícia longe do seu pescoço, e aí consegue se estruturar. Tudo por aqui é das antigas, chefe."

"E um homem tipo, vamos dizer, Joe Tanelli?"

"Não gosto de maldizer os mortos, mas Joe não era nada. Ele fazia umas coisinhas quando não havia nenhum risco. E controlava algumas apostas de vez em quando. Mas era esperto o bastante para saber que não podia ampliar, ou alguém pisaria nele. Temos policiais espertos e durões por aqui, chefe."

"Então quem é mais importante do que Joe era?"

"'Tô tentando falar para você e você não me escuta. Não vou cair nessa. Há três ou quatro como Joe Tanelli, talvez. Rapazes trabalhando nas quebradas. Em uma semana boa eles fazem, talvez, três trabalhos. Isso de que você está falando não acontece aqui. Esta cidade é bem fechada. E espero que continue. Um tempão atrás eu fiquei cansado de me perguntar quando iam encrencar comigo por vender o tipo errado de cerveja. Por isso mudei para cá."

Sam sabia, pelo jeito que começava a sentir sua boca, que estava ficando ligeiramente bêbado. "Vou dizer o que eu realmente quero."

"Deixe-me dizer uma coisa antes. Não quero ouvir. Não quero saber nada sobre o que você tem para vender ou comprar. Quanto menos eu souber, melhor eu durmo à noite."

"Mas..."

"Sejamos amigos. Aqui, essa é por conta da casa. Agora, se você quiser continuar falando, vamos falar sobre mulher ou beisebol. Pode escolher."

Dirigiu com cuidado de volta a Harper, direto para a festa dos Kimball. Estavam no quintal, nos fundos da casa. Dorrie Kimball pegou um bife já frio e o requentou para ele, no que ainda sobrara do carvão. Estava borrachudo. Havia uns doze casais, jogando algo complexo que os divertia absurdamente e que o deixou desinteressado de um modo espetacular. Quando encontrou uma chance, levou Carol para um lugar afastado.

"Fui um sucesso", disse, amargo. "Estou impressionado com minha própria competência. Era como tentar vender cartões-postais vagabundos em um churrasco da escola."

"Quanto você teve que beber?"

"Um monte. Foi bom para me deixar ocupado. Eu me esgueirei em espeluncas, colarinho levantado e o dedo tateando um canivete. Fui chamado de doutor, camarada e chefe. Ah, pro diabo com isso!"

"Tem *alguma coisa* que você possa fazer?"

"Posso ligar para Sievers na segunda de manhã. Meu Deus, que festa horrível!"

"Shh, querido. Não fale alto. E não está *tão* ruim assim."

"Quão rápido a gente pode ir embora?"

"Vou dar o sinal de costume quando pudermos. Que sortezinha medonha, o sr. Tanelli morrendo desse jeito!"

A bebida que Joe Kimball deu a ele parecia estar fazendo mais efeito do que todas as outras que bebera. Inclinou-se e estreitou os olhos para ela. "Sortezinha medonha para o bom e velho Joe, também."

"Não seja maldoso comigo."

"Eu já entendi tudo. Você também sabe, não sabe? É o dedo do destino sacaneando o Samuelzinho Bowden.

Esse homem bom. Nobre e direito. Ah, mas como mudou! Agora sai à caça de assassinos de aluguel. Mas não podemos deixar fácil demais. Porque senão o velho Sam não vai estar ciente o bastante de sua queda, da perda da graça perfeita. Vamos fazê-lo se arrastar. Fazer com que isso o marque para que ele nunca esqueça."

"Querido, por favor."

"Lei e Ordem Bowden, é como o chamamos no escritório. Só não melhor que o segundo advento. Com a força de dez homens por ter o graal repleto. Sensível. Capaz de quebrar, mas não se curvar. Nunca abandonaria sua honra. E que visão horrenda ele é, hoje em dia. Rastejando pelos cortiços, batendo carteiras, tomando um goró, mendigando uns trocados. Agora andam dizendo que qualquer dia vai ser preso por atentado ao pudor."

O estalo de sua mãozinha contra a bochecha dele foi alto e escandaloso. A ardência fez seus olhos lacrimejarem. Olhou-a e viu que ela não parecia zangada ou magoada. Encarava-o com bastante tranquilidade.

"Ei!", ele disse.

"Com ou sem bebidas, não acho que este seja um momento absurdamente bom para começarmos a ter pena de nós mesmos, querido."

"Mas eu só estava..."

"Louco da vida por não ter conseguido fazer algo completamente fora de seu estilo e contrário àquilo em que acredita. Por isso estava começando a se entregar e arrancar os cabelos."

"Essa é uma conclusão bem tendenciosa, companheira."

"Bom, e não é verdade?"

"Acho que sim."

"Preciso de um ponto forte em que me apoiar. Força de que você estava cheio, até uns minutos atrás."

"E já voltou. Pode voltar o apoio."

"Está bravo comigo?"

"Enraivecido, furioso e tramando minha vingança", respondeu, e beijou a ponta de seu nariz.

Para sua surpresa, ela começou a chorar, completa e desamparadamente. Quando começou a se acalmar, ele descobriu os motivos de suas lágrimas. Bater nele a incomodara. Todas as nossas reações emocionais estão se tornando ásperas e irritadas, ele pensou. A tensão está cavando um buraco sob as muralhas de nosso castelo.

Na segunda de manhã, o escritório local da Apex deu-lhe a informação de que ele precisava para ligar a Sievers na Califórnia. O sr. Sievers não estava no escritório, mas retornaria a ligação. Eram onze horas quando Sam ligou a primeira vez, por causa da diferença de horário, e três quando Sievers retornou.

Ainda que a ligação estivesse clara, Sievers soava distante, desinteressado.

"Ataque cardíaco? Isso é bem ruim."

"Faz parecer bastante esquisito para mim, Sievers."

"Entendo o motivo."

"Quem posso contatar para o mesmo... tipo de serviço?"

"Não acho que haja mais ninguém a quem recorrer."

"E o que eu faço?"

"Isso pode ser arranjado em outro lugar. Alguém pode ser mandado até aí. Custaria mais e levaria mais tempo."

"Você pode me ajudar com isso?"

"Estou bem soterrado aqui, agora. E... francamente, aqui eu estou em um esquema diferente, Bowden. Quero dizer, era um negócio particular. Não posso fazer nada oficialmente. Não em uma linha como esta. Entende?"

"Acho que sim."

"Fiz o que pude. Você teve azar."

"Talvez eu possa encontrar alguém por minha conta."

"Não acho que possa. E seria arriscado demais. Seria melhor se você apenas... deixasse seu pessoal fora do caminho."

"Eu... entendo."

"Lamento não poder ajudar mais."

Foi uma conversa mais que insatisfatória. E significava o fim de qualquer possibilidade de defesa. Teriam que procurar outra forma de se proteger.

Conversou sobre isso com Carol na segunda à noite. Ela encarou a situação com mais calma do que ele esperava.

"Sei que isso faz algum sentido", ela disse, "mas estaremos tão dispersos. Nance e Jamie lá no acampamento, Bucky e eu só Deus sabe onde. Sobra apenas você, e isso me aterroriza, querido. O que vai ser de nós se alguma coisa acontecer a você?"

"Serei o covarde mais dedicado de que você já ouviu falar, meu amor. Vou para um quarto de hotel e não saio quando escurecer, e não vou abrir a porta a menos que eu tenha a certeza mais absoluta de quem está batendo."

"E vamos supor que não aconteça nada. Quando podemos voltar? Quando vamos saber que tudo isso acabou?"

"Imagino que ele não vá ser muito paciente quando sair da cadeia. Acho que ele vai fazer algo, e vai fazer algo contra mim, e vou garantir que ele seja malsucedido. E se ele fizer, teremos a evidência que vai mandá-lo de volta por um longo tempo."

"Ah, claro. Por um ano, ou três, e aí teremos tempo o bastante para planejar exatamente o que fazer quando o soltarem de novo. Vai ser exatamente como este mês foi. Cheio de sorrisos nervosos e piadas ruins."

"Vou dar um jeito."

"Perdão por pedir isso, mas seria possível que você parasse de me dizer a mesma coisa toda vez? Faz parecer que você está me dando tapinhas na cabeça. Nós esperamos que dê certo. Esperamos do fundo do coração. Mas não há nenhuma garantia por escrito, há, querido?"

"Não. Só podemos fazer todo o possível. E, nesse sentido, você vai ficar encantada ao saber, amanhã, que me tornei uma figura enérgica e perigosa, tudo com a ajuda do delegado Dutton."

"Como assim?"

"Ele está me arranjando uma licença. Nem foi tão relutante quanto eu esperava que fosse. Na hora do almoço, vou escolher um equipamento bem feio e eficiente, manufaturado por Smith & Wesson. E quando ele estiver propriamente ajustado, vou pendurá-lo bem ali. Vai ficar em uma coisa chamada coldre de suporte. Ninguém vai poder arrancá-lo dali, mas quando eu for pegá-lo do jeito certo, disse Dutton, ele vai simplesmente saltar para minha mão. Depois eu só vou precisar de uma garrafa de gim, uma loirona sexy e um escritoriozinho particular."

Ela o olhou de igual para igual. "Muitas piadas engraçadinhas. E um sorrisão todo convencido e sem graça."

"O que diabos você quer que eu faça? Ranja os dentes e faça uma cara de durão? Claro que estou todo convencido com isso. Não é exatamente o meu estilo, você sabe. Estou com medo de Cady. O mesmo medo que uma criança com pesadelos teria. Só de pensar nele minhas mãos suam e sinto um buraco no estômago. Estou com tanto medo que vou arrumar essa arma e amanhã à noite vou levar tantas balas para a colina que quando terminar, vou conseguir acertar qualquer coisa que tiver na mira. Vou fazer como se fosse um menininho brincando de polícia e ladrão. Tenho que me sentir confiante. E fazer todas essas gracinhas desoladas, por puro nervosismo. Mas fico muito mais confortável por ser um alvo que consegue atirar de volta."

Parou de andar e olhou para ela, vendo suas lágrimas silenciosas rolando pelas bochechas. Sentou-se a seu lado e a envolveu com os braços, beijando seus olhos salgados.

"Eu não devia gritar com você", ele sussurrou.

"Eu... não devia ter falado o que falei. Só estou cansada... dessas gracinhas frenéticas com que a gente cobre tudo. Tem se tornado um hábito nervoso, mas acho que é só o jeito que nós somos." Sorriu palidamente a ele. "E eu não aguentaria um marido chato e mal humorado. Eu... estou feliz por você pegar essa arma. Vou me sentir melhor, é sério."

"Eu, minha arma e minha conversinha estúpida."

"Fico com os três. E feliz."

"Certo, então. De volta aos planos. Saímos na sexta pela manhã. Encontramos um lugar para você e Bucky. Ficamos lá até sexta à noite. No sábado vamos ver a aniversariante. Fico com você no sábado à noite, no lugar que encontrarmos, e domingo eu volto para a cidade..."

"Por que não levamos os dois carros, querido? Quando formos ao acampamento eu deixo o meu carro no lugar em que vou ficar, e no domingo você o dirige até a cidade para dar entrada no New Essex House."

"Boa ideia."

"Vou odiar ficar longe de você."

"Somos dois."

Voltou para casa na terça-feira à noite com a pistola no coldre. As correias o esfolavam, e percebeu que levaria muito tempo para se acostumar àquilo. Vestira o coldre quando voltara ao escritório, sentindo-se um completo idiota, com a suspeita de que todos que o olhavam na rua eram capazes de perceber o volume suspeito sob seu braço esquerdo.

Ficou parado enquanto Carol o circundava, examinando-o. Por fim, ela disse: "Eu sei que está aí, então posso ver o calombo que ele forma, mas sinceramente, querido, acho que você está bem. É magrinho e gosta desses paletós largos, mesmo".

"Então esse mulherão desfila porta adentro e eu percebo na hora que ela não precisa de ninguém. Faz uma cena ao sentar, cruzando as pernas maravilhosas, e enfia a mão dentro de uma bolsa grande que nem um caixão de anão. Dela, saca um maço de verdinhas que deixariam um hipopótamo de boca aberta, e se debruça sobre a mesa contando notas de cem. Estou tão ocupado contando as notas que ela deixa sobre a mesa que nem tenho tempo de espiar o seu decote."

Carol fez uma pose claramente provocativa e disse, pelo canto da boca: "O que a vagabunda queria, meu amor?".

"Ah, depois de toda aquela cena, nada demais. Só queria que eu matasse um cara."

"E você vai?"

"Amanhã. Depois do almoço. O contrato subentende assassinato. Você sabe, queridinha, eu tenho essa missão. Saio por aí matando os caras maus. Aqueles que têm contatos e fogem da lei, sabe? Estou limpando a imundície, entende? Extermino todo mundo, como os cavaleiros se livrando dos dragões que bafejavam fogaréu. Sou pago para isso e as loironas ficam sempre agradecidas. Muito agradecidas."

"E essa olhadinha de rabo de olho, meu caro, é quase convincente demais."

"Depois que eu me habituar a isso, você vai até o alto do morro e deixa que eu me exiba um pouco. Dutton diz para não mirar. A pontaria é tão natural quanto apontar com o dedo. Cadê o Buck? Não o quero correndo na linha de tiro."

"Liz Turner levou uma multidão de crianças para a feira do povoado."

"Uma dama nobre e corajosa."

Seguiu para o campo com três caixas de munição, um pedaço de pano e uns barbantes. Amarrou o pano em volta de uma árvore grossa o bastante para simular o torso de um homem. Rascunhou um coração no lado direito do peito. No começo, atirava desanimadoramente devagar, desajeitado e sem precisão. A arma tinha um baque surdo e alto, muito mais imponente que o estalido da vinte e dois. Atirou umas vinte vezes, aprimorando a precisão, e depois voltou à rotina de sacar e atirar, na obstinação de melhorar.

Carol chegou no morro e disse: "Soa como uma revolução sul-americana, querido".

"Isso é mais complicado do que eu pensava."

"Você devia estar assim tão perto?"

"São seis metros, meu bem. Esta coisa não foi projetada para atirar a longas distâncias. Não sei se estou preparado para me exibir, mas vou tentar." Afrouxou o pano crivado de balas e ajeitou sua parte ainda inteira, atando-o outra vez.

"O que é aquilo?"

"Um coração."

"É muito pequeno, e deveria estar mais no meio."

"Pare de bancar a sabichona. Pronto. Estou a postos. E meio virado de lado. Os braços soltos ao longo do corpo. Casual e relaxado. Quando você achar que tudo bem, grite 'vai'."

"Vai!"

Empunhou a arma com destreza, encontrou o gatilho enquanto ela girava, e descarregou o tambor. Colocou cinco buracos negros no alvo, o primeiro na região do abdome, um na cintura e os outros três consideravelmente bem certeiros no peito.

"Uau!", ela disse, genuinamente impressionada. "Errou um?"

"Não. Precisa manter engatilhado em uma câmara vazia. O primeiro tiro você dá duas vezes."

Ligeiramente pálida, sentiu um aperto na garganta. "Talvez seja minha imaginação um pouco vívida demais, querido. Mas isso parece tão... terrivelmente funcional."

"É completamente funcional. Foi projetada para ser usada em pessoas. Projetada para a maior velocidade e o maior poder de morte, com esse tamanho. Não há nada bonito nisso, ou romântico."

Desarmou a pistola, arrancou os cartuchos e recarregou. "Quer tentar?"

"Acho que não. Acho melhor não."

"A demonstração a fez sentir um pouco melhor?"

Balançou a cabeça. "Sim, Sam. De verdade. Mas é esquisito pensar em você... quero dizer..."

"Sei o que você quer dizer. O velho Sam, meigo e adorável. Dutton também sabe disso. E falou sobre isso com bastante cuidado, cheio de rodeios. Contou que as forças armadas tiveram um monte de problemas na Segunda Guerra e na Coreia com os rapazes que não abriam fogo. Eles não sabem do motivo básico. Alguma coisa a ver com civilização, educação cristã, respeito à vida e dignidade do indivíduo. Disse que pegavam esses soldados. Pegavam um garoto durão, com bons reflexos, que fosse bom na mira e no alcance. E o colocavam em uma situação de perigo. Ele faria exatamente como haviam ensinado, com a mira pronta e o dedo no gatilho. E pararia aí. Se fosse uma situação de perigo real, teriam um soldado morto. Não sei sobre mim. Sou mesmo capaz de encher aquela árvore de chumbo, os lábios torcidos em um risinho assassino. Mas e se fosse carne e osso? Não sei. *Eu realmente não sei.* Se houvesse algum combate eu acho que saberia. Acho que seria capaz. Preciso fazer com que isso seja tão automático que puxar o gatilho vai fazer parte da ação toda, não só um pedaço separado no final. Assim, se eu puder começar, vou ser capaz de ir até o fim. Espero."

Ela inclinou a cabeça e o estudou. "Não há muita presunção em você, Sam. Digo, você se analisa honesta e friamente."

"Se você quer dizer que não me considero muito enérgico, tem razão. Sou um quarentão, sedentário, trabalho em um escritório, tenho uma hipoteca, família e um plano de seguros. Estou tão adaptado a esse aroma novo de violência e ameaça quanto George Gobel estaria a um campeonato de boxe, na categoria peso pesado. É banal dizer que a vida exige da gente coisas inesperadas e curiosas. Estou tentando encarar esta, mas, minha donzela indígena, há alguma coisa nisso tudo que me faz sentir como um camundongo num buraco de serpente."

Ela se aproximou e agarrou seus pulsos. "E vou lhe dizer, você não é um camundongo. É tão valente quanto qualquer homem. Você tem entusiasmo e força. Sabe como amar e ser amado. Essa é uma grande arte, e rara. Você é meu homem, e não o desejaria diferente em nada."

Ele a beijou e a manteve entre seus braços. Olhou por sobre o ombro dela, para baixo, e o refulgir do sol em sua mão direita pareceu incongruente. Mantinha o braço afastado do corpo para que a arma não encostasse na blusa azul dela. E, para além da arma, podia ver o alvo branco e o coração desenhado, e cinco buracos de bala.

141

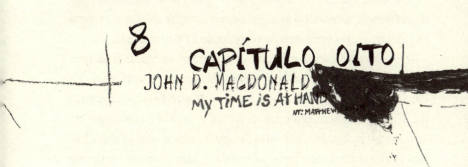

CAPÍTULO OITO

Na sexta-feira, saíram bem cedo e seguiram de carro para o sudeste, rumo às pequenas estâncias de férias perto do lago. Bucky foi compreensivo à ideia de que Carol precisava de férias de todo o trabalho doméstico, e de que ele poderia ir junto. Era, disseram, a melhor coisa depois do acampamento.

Dirigiram devagar e pegaram estradas secundárias, chegando à cidade de Suffern, a uns cento e cinquenta quilômetros de Harper, na hora do almoço. Comeram bem, no refeitório tranquilo de um hotelzinho à beira do lago, chamado O Vento Oeste. Era uma construção de estrutura antiquada, com a alta e singular dignidade do período vitoriano. Um homenzinho agitado e atarefado mostrou a eles dois quartos no terceiro andar, com vista para o lago e banheiro conectado. A tarifa semanal era razoável e os quartos, com mobília de bordo e tapetes surrados, era limpo e alegre. O preço incluía café da manhã e jantar, a utilização da prainha particular, os barcos a remo, quando disponíveis, e o uso das duas quadras de tênis e da quadra de croqué.

Sim, havia outras crianças no hotel, e eles jamais haviam feito exigências que excluíssem as crianças, mas nada de animais, por favor. A leve menção a Marilyn deixou Bucky visivelmente triste. Não seria necessário, Sam resolveu, usar nomes diferentes. Seria algo teatral, ridículo e desnecessário. Carol disse que escreveria diretamente ao escritório e, como precaução adicional, usaria envelopes sem o endereço de retorno do O Vento Oeste.

Depois que Carol e Bucky desfizeram as malas e se trocaram, saíram para passear pela vila. Quando voltaram, ficaram esperando que a quadra de croqué fosse desocupada. Carol era terrivelmente certeira e se divertia demais ao acertar as bolas de Sam para longe, sempre que podia chegar perto o bastante para atingi-las. Sam formou um time com Bucky, mas ela mesmo assim ganhou com facilidade.

Naquela noite, deitados na grande cama dupla, Carol disse: "Eu vou cometer uma extravagância enorme e comprar uma raquete de tênis. Estou toda molenga. Preciso entrar em forma".

"Molenga? Molenga? Onde? Aqui? Ou aqui, talvez?"

"*Para* com isso, seu palhaço."

"Você acha que vai ser feliz aqui?"

"Feliz não, querido. Mas tão contente quanto eu possa ser em qualquer lugar longe de você." De repente, soltou uma risadinha.

"Que foi?"

"Bucky. O desgosto aristocrático com que recebeu as investidas das duas garotinhas."

"Mas vi que ele se juntou à brincadeira e participou dos jogos, ainda assim."

"Com um ar superior e condescendente. Ele já é um machãozinho."

"E amanhã é o aniversário da menina."

"Quinze. Meu Deus, que idade terrível."

"Heresia."

"Não é, não. Fui infeliz quase ao desespero, aos quinze anos. Todo espelho destruía meu coração. Eu era uma bagunça. E por isso não conseguiria me casar com ele."

"Quem era ele?"

"Não ria de mim. Clark Gable. Eu tinha tudo planejado. Ele iria ao Texas fazer um filme, e seria uma produção sobre poços de petróleo. E eu estaria lá por onde seriam as gravações, e um dia ele se viraria e olharia direto para mim, sorrindo aquele sorriso zombeteiro, uma sobrancelha arqueada, e não pararia as câmeras enquanto caminhava em minha direção para olhar de perto. Então faria sinal para alguém, que viria correndo até ele, e diria, enquanto eu ficava parada ali, orgulhosa e altiva em minha beleza, 'Ela será meu próximo par romântico. Acertem os contratos'. Mas, ai, querido, eu era uma bagunça."

"Eu tive um romance intenso e perturbador com Sylvia Sidney. Ela se atirava em meus braços como um gatinho manhoso e me dizia que não importava nadinha de nada se eu estava dez quilos acima do peso. Agora, quem é que está rindo de quem?"

"Desculpa, meu amor."

"Então, claro, tive a fase com Joan Bennett. E Ida Lupine por um tempo. E Jean Harlow. Jean costumava dirigir desde Paris e me esperar em seu conversível, atrás do hangar. Depois que eu aterrissava meu avião crivado de balas, as metralhadoras ainda quentes, com três hunos na conta, seguia para o carrão em um passo lépido, extremamente despreocupado. Minha sorte incrível era devida à meia-calça dela que eu amarrava no braço antes de cada operação de combate. Ela sempre trazia um balde com gelo e champanhe, e nessas noites nós éramos vistos por todos os lugares animados de Paris, a ondulante loira sedutora e o alto piloto veterano, com aquela expressão de paisagens distantes nos olhos e uma enorme e humilde bravura."

"Mesmo?"

"Ela me largou por um major inglês. Na missão seguinte, esqueci da meia. Um ás alemão me abateu entre as nuvens.

Enquanto caía, em chamas, fiz uma saudação a ele, que balançou as asas em sinal de cortesia à morte de um herói."

"Valha-me Deus!"

"É um deboche bem ultrajante, esse risinho de escárnio."

"Deus, eu queria que pudesse ser desse jeito. Quero dizer, seguro assim. E todos nós juntos. Não quero que chegue domingo e não quero ficar lá fora forçando minha boca a sorrir enquanto você vai embora."

"Não pense nisso."

"Não consigo parar."

"Talvez você pudesse se distrair."

"Hummm. Talvez."

Como fora combinado por correspondência, buscaram Jamie no acampamento antes do almoço. Ele estava bronzeado, fino e ajeitado em um estado surpreendentemente asseado. Então dirigiram os cinco quilômetros pela marginal do lago até Minnatalla, para buscar Nancy. Ela parecia absolutamente saudável e tinha estrelas nos olhos.

Seguiram cinquenta quilômetros para leste, até a cidadezinha de Aldermont onde comemoraram com um jantar no restaurante do hotel Aldermont. A garçonete lhes ofereceu uma mesa em um canto onde poderiam ter mais privacidade.

Nancy estava eufórica. O acampamento corria maravilhoso naquele ano. O sr. Teller era bastante assustador, mas ficava fora do caminho. Ela era presidenta assistente do comitê social, e Tommy Kent era o presidente do comitê social de Gannatalla, então tinham reuniões o tempo inteiro para resolver assuntos. Tommy estava se saindo maravilhosamente bem. O sr. Menard fizera dele uma espécie de assistente pessoal. Uma ruiva se intoxicara tanto por causa de hera venenosa que precisou ser mandada para casa. Outra garota caiu do cavalo e deslocou o ombro, mas não foi mandada para casa.

Havia um barco novo e rápido para esquiar, e os campistas se revezavam para usá-lo. Tommy era o condutor principal.

Quando Nancy acabou a história, Jamie deu um relato resumido de suas aventuras. Havia um engraçadinho em sua cabana, e por isso Jamie tinha saído no murro com ele até o sr. Menard intervir na briga, antes que Jamie pusesse o menino abaixo duas vezes. Agora eles eram amigos. Havia passado no teste de salva-vidas mirim. Matara uma serpente com um pedaço de pau. Estava fazendo seu próprio arco para tiro ao alvo. De madeira de limoeiro. Você precisa raspar a madeira com pedacinhos de vidro, e para fazer a própria corda você pega fios entrelaçados e depois besunta com cera de abelha.

Depois do almoço, Sam foi ao carro buscar os presentes. Nancy ficou contentíssima com tudo. Houve os tradicionais presentes de consolação, uma lembrancinha para Bucky e Jamie. Consolação por ser o aniversário de outra pessoa.

Carol, como haviam combinado, levou Bucky da mesa e deixou Sam com Nancy e Jamie, para que ele pudesse contar do novo arranjo das coisas. Eles podiam saber que a mãe e Bucky estavam no O Vento Oeste, em Suffern, mas precisavam guardar segredo. Nancy perguntou se podia contar a Tommy, e Sam disse que sim. No caso de uma emergência grave, eles podiam ligar para a mãe em Suffern, e ligar para ele no escritório ou no New Essex House.

Jamie encarou o pai de um jeito sombrio e falou: "É que nem fugir, não é?".

"Fica quieto!", disse Nancy.

"Deixa, Nancy. É, filho. De certo modo, sim. Mas eu não estou me escondendo. Vou ser cuidadoso, mas não estou me escondendo. Mulheres e crianças vão para os botes salva-vidas primeiro."

"Tommy e o sr. Menard ficam me falando para eu andar com os outros meninos o tempo inteiro", disse Jamie. "Eu queria que aquele preso imundo viesse ao acampamento. Nós daríamos um jeito nele, cara. Ia todo mundo pegar pedras e atirar nele de uma vez só. Daí a gente ia amarrá-lo e levá-lo até a cozinha e passar pelo cortador de carne novinho que custou cento e vinte pratas, que nem o sr. Menard falou."

"Jamie!", Nancy interveio. "Não fale essas coisas horríveis."

"Agora que tem quinze anos ela vai mandar em mim?", perguntou o menino.

"Quando você aparece com uma ideia que certamente vai estragar seu apetite, ela tem direito de reclamar."

"E a gente vai dar um jeito de fatiá-lo bem fininho", Jamie disse, sombrio.

"Eu também acho que já é o bastante dessa linha de especulação, jovenzinho. Vocês agora já sabem da situação. Não quero que nenhum dos dois se descuide. Esse homem tem um carro. Está fora da prisão. Quando descobrir a casa fechada, não vai ter dificuldades em descobrir para onde as crianças do povoado vão no verão. Sei que ele já viu Nancy, e acho que ele também deve ter visto você. Podemos ir? A mãe de vocês está esperando com Bucky no saguão."

"É engraçado pensar que ninguém está em casa", disse Nancy. Tocou o braço do pai timidamente, enquanto levantavam. "Jura que vai tomar bastante cuidado, papai?"

"Juro."

No domingo à noite, Sam jantou na churrascaria do New Essex House sozinho, depois foi ao bar para um trago antes de dormir. Ficou junto ao balcão, bebendo devagar, sentindo-se muito solitário no mundo. Na saída do estacionamento do O Vento Oeste, havia parado e olhado para trás, e acenado. Carol e Bucky, juntos um do outro na grama verde da entrada, acenaram em resposta. Dirigiu o carrinho bem rápido pelo caminho de volta a New Essex.

Uma voz estrondosa perto de seu ouvido o assustou. "Passeando na cidade, Sam?"

Virou-se para ver o rosto largo e sorridente de Georgie Felton, e tentou parecer contente o bastante para não ser rude.

Georgie Felton era corretor imobiliário, um realmente bem-sucedido. Era um homenzarrão forte e gordo, com um humor pesado e uma casca grossa. Tratava as mulheres com um ar de galanteio cortês e esmagador, que na altura do segundo encontro se tornava curiosamente apimentado e cheio de insinuações vulgares. Com homens, era o tradicional brincalhão. Pertencia a uma quantidade vertiginosa de organizações sociais e de serviços. A família era uma rotunda Angela Felton e quatro Feltons rechonchudinhos. Seria chamado de Georgie até o dia da morte. Carol não o suportava, não conseguia compreender como ele podia ser bem-sucedido. Quando estavam procurando casa, ele a levara para ver algumas tão claramente inadequadas que ela pensou se tratar de uma piada obscura. Mas Georgie falava muito sério.

"Olá, Georgie."

Georgie deu um tapa em seu ombro direito e disse: "Benny, dê ao sr. Bowden outra rodada de seja lá o que ele está bebendo".

"Não, sério."

"Vamos lá. Se você ainda está de pé, pode tomar mais uma. O que o traz à cidade esta noite? Grande encontro com uma loira misteriosa?"

"Estou ficando aqui no hotel."

As sobrancelhas de Georgie se ergueram. "Oh, oh! Sam, meu velho, isso acontece com os melhores de nós. Você não pode ficar com eles, mas não pode ficar sem eles. Uma palavrinha errada e aí está você. Na sarjeta."

Sam sentiu-se profundamente irritado. Certamente não tinha intenção de contar a Georgie seus problemas. "Não é nada disso, Georgie. Duas das crianças estão no acampamento, então fechamos a casa e Carol está tirando umas férias com nosso caçula."

Georgie concordou com a cabeça, solenemente. "Ouve-se muito disso, Sam. Férias conjugais. Dar um pouco de espaço um ao outro." Deu uma piscadela a Sam, cutucando-o com o cotovelo nas costelas, com tanta força que Sam quase perdeu o equilíbrio. "Mas nunca pude falar sobre isso com Angie. Diz para mim como é que se faz, Sammy, garoto." E atirou a cabeça para trás e riu. Cutucou Sam outra vez. "Já tem algo arranjado, meu velho? Quer pegar emprestado o livrinho negro do tio Georgie aqui?"

"Não, obrigado, Georgie."

Sam se protegeu da cutucada seguinte. "Você se meteu na área errada, Sammy, garoto. Vou lhe contar, há alguma coisa em entrar numa boa casa novinha, algo que desperta o melhor em uma garota bonita. Você ficaria surpreso com algumas das que já fui, camaradinha."

"Pelo amor de Deus, Georgie, pare de me dar cotoveladas."

"Como? Bom, há gatinhas por todos os lugares. Acho que esse é um daqueles hábitos. Veja, há uma boa bem ali, na parede. Com o ombro de fora. Gosta dela?"

"É bonita. E o homem que vai com ela parece gostar também."

"Vamos você e eu para um lugar mais animado. Isso aqui está morto."

"Desculpe, Georgie. Já estou para subir, ler um pouco e dormir cedo."

"Ah, qual é, parceiro. Nós podemos..." Georgie parou de forma brusca. Sam o olhou. Ele encarava, umedecendo os lábios, o paletó de Sam. Quando olhou para baixo, Sam viu a coronha da pistola à mostra. Ajeitou o paletó rapidamente, para escondê-la.

"Para que diabos você está carregando isso?", Georgie perguntou em um sussurro firme. Parecia chocado.

"É isso, Georgie. Tem um homem atrás de mim. Pode aparecer a qualquer minuto."

Georgie olhou em volta, nervoso. "Você está brincando."

Sam o olhou com seriedade. "Nós, advogados, fazemos inimigos, Georgie."

"Esse... homem está na cidade?"

"Pode entrar por aquela porta a qualquer instante."

Georgie começou a se afastar. "Bom, eu vou é picar a mula."

"Não fale disso para ninguém."

"Não. Não, claro que não falo." Olhou para o relógio no pulso. "Preciso ir. Bom encontrar com você, Sam." Ia se afastando enquanto falava.

O prazer de Sam com esse incidente desapareceu rápido. Georgie falaria. Contaria para todo mundo o que acontecera. Terminou a bebida que não queria e foi para a cama.

Nada aconteceu na segunda ou na terça ou na quarta-feira. Sam seguiu sua rotina cuidadosa. Ligou duas vezes para Carol, do escritório. Ela tinha uma alegria determinada colada em sua tensão e solidão. Mas a camuflagem não era perfeita. Na quarta de manhã, chegou uma carta longa e cheia e faladora, vinda dela. Descrevia os outros hóspedes do hotel. Encontrara uma parceira de tênis, uma garota alta e forte, cujo marido era capitão da Marinha e estava de serviço no exterior. Ela ainda estava enferrujada, mas aos poucos voltava a jogar bem. Bucky ficara tão interessado que ela conseguira para ele uma raquetinha, e o estava ensinando os movimentos básicos. Ele aprendia com rapidez. Nem ligava para a pobre televisão no saguão de entrada. Havia uma boa biblioteca onde pegar livros emprestados, na farmácia grande da cidade. E ela sentia sua falta. Os dois sentiam saudades dele e da casa e também dos campistas.

Na quinta-feira à tarde, ele decidiu que já tivera espera e expectativa demais. Era hora do camundongo sair da toca e ver onde o gato estava.

Chegou no bar do Nicholson, na Market Street, às seis horas. O bar em si era uma salinha estreita com paredes de madeira compensada pintadas de verde, um balcão com bancos altos e um estofo verde imitando couro. Havia espelhos e cromo e luzinhas espalhadas atrás do balcão. Tinha um ar gasto e usado. As partes de plástico e as pinturas não se aguentavam mais. Os espelhos e o cromo descascavam. A televisão acima do balcão estava ligada e a *jukebox* tinha uma placa de fora-de-serviço. Três homens estavam sentados no canto mais distante do bar, as cabeças bem próximas, conversando em um tom baixo e importante. Não havia mais nenhum freguês.

Além da parte com o balcão, havia uma sala mais larga, um salão de coquetéis. A luz do dia não chegava até lá. Dois holofotes apontavam para uma pequena plataforma vazia, com um piano branco minúsculo e um conjunto de bateria bastante surrado. No brilho refletido ele era capaz de ver dois casais sentados a duas mesas, no salão. Uma garçonete se apoiava no umbral da passagem entre o bar e o salão. Vestia um uniforme verde-escuro e um avental branco manchado. A loira oxigenada cutucava um dos molares com a unha.

O garçom esfregava um copo sem parar, assistindo à televisão. Sam sentou em um banco na curva do balcão, perto da porta. Então, sentindo-se confiante, mudou para o banco depois da curva, de onde podia olhar a porta e ficar de costas para a parede, sentando-se de lado.

O atendente foi sem pressa até ele, olhando para a televisão até o último segundo possível. Espanou o balcão na frente de Sam e perguntou: "Pois não, senhor?".

"Pode ser uma Miller."

"É para já."

Trouxe a cerveja e um copo, recolheu o dólar de Sam e devolveu ao balcão cinquenta e poucos centavos.

"Movimento fraco?"

"Sempre é, a essa hora. Nosso negócio funciona tarde."

"Max tem aparecido por aqui?"

Percebeu o atendente olhando-o com mais atenção. "De qual Max você fala? Tem um monte de Max aqui."

"O careca, bronzeado."

O balconista levou a mão ao lábio. "Ah, *esse* Max. Esteve aqui faz pouco tempo. Deixe-me ver. Claro, foi sábado passado, à noite. Ficou só, sei lá, dez minutos. Virou duas doses e foi embora. Estava com uns problemas, sabe como é. Surrou um policial e foi pra cadeia por um mês."

"E Bessie McGowan? Tem vindo aqui?"

"Sempre. E eu bem queria que ela arrumasse outro diabo de lugar para fazer ponto. Se você a vir, vai entender o que eu digo. Ela deve aparecer a qualquer momento."

Um dos homens do outro lado do bar chamou o garçom, que se afastou. Dez minutos depois, quando Sam pensava em fazer um sinal para pedir outra cerveja, uma mulher entrou pela porta. Ela não poderia ter escolhido nada para vestir que a fizesse parecer mais grotesca. Calçava sandálias brancas de salto alto, dez centímetros, uma calça justa de cintura alta, cinto enorme de couro com uma fivela dourada e um suéter apertado, listrado em branco e vermelho. Uma mulher bem apessoada talvez fosse capaz de carregar aquilo tudo com algum nível de sucesso performático. Mas aquela era uma mulher de meia-idade, com um cabelo tão destruído por tinturas que sua cor e textura mais pareciam as de uma palha seca. Tinha uma carinha gorda de esquilo, lábios bem marcados com batom. A cintura era surpreendentemente esbelta em comparação ao quadril rebolante e massivo, ao contorno vasto e flácido dos seios quase inacreditáveis. Era assustadoramente claro que ela não vestia nada sob a blusa e a calça, a não ser por um sutiã que firmava seus seios e os erguia, fazendo pontaria como se fossem os canhões de guerra de um encouraçado. Caminhou bar adentro em uma nuvem de perfume almiscarado que era quase visível, carregando uma bolsinha branca com um único dedo, quase arrastando-a no chão. Era grotesca, ridícula e incrível. Ainda assim, não havia nada patético sobre ela. Empreendia sua própria guerra valorosa contra o tempo, de seu próprio jeito. Fazia parte da grande tradição obscena dos campos minados e fronteiras.

Chapou a bolsinha branca sobre o bar e, em uma voz gasta que o cigarro, o uísque e o uso haviam transformado em algo parecido com o sussurro teatral de um barítono, disse: "Um goró e uma água, Nick".

"Pegou a grana?", perguntou o garçom, com cuidado.

"Sim, sim. Peguei. Peguei. E lá vem você, seu carrapato desconfiado. Vê se me deixa com alguma coisa hoje." Deu um tapa no balcão, com uma nota de cinco dólares.

Enquanto pegava a garrafa, o garçom falou, apontando para Sam: "Esse seu amigo está te procurando, Bessie".

Ela se virou e olhou para ele, caminhando em sua direção. Bem de perto, ela dava aquela impressão curiosa que atrizes com talento sabem projetar. Ele viu que seus olhos eram grandes, cinzentos e excepcionalmente amáveis.

"Deus do céu, um homem que se levanta. Sente-se, meu amigo, antes que eu morra do coração." Sentou-se ao lado dele, observando-o intrigada. "Sinceramente, preciso examinar essa falta de memória. Normalmente encontro alguma pista, mas me deu um branco completo. Vamos lá, me ajude."

O garçom colocou à frente dela uma dose de uísque, um copo de água e o troco.

"Faz bem mais de um mês, Bessie. Você estava em um daqueles cantos lá no lado leste da cidade. Com um careca, Max. Disse-me que era o seu ponto preferido."

"Não vai mais ser o ponto preferido de ninguém se Nick e Whitney continuarem sempre tão chatos com esse lance de dinheiro. Lembro desse Max. Então eu estava com ele. Parece. Mas o que diabos eu estava fazendo, falando com você?"

"Como assim?"

"Você tem o cabelo bem aparado, as unhas limpas e uma aparência decente, senhor. Fala como esse pessoal que frequentou a faculdade. Deve ser um médico ou dentista. Max fala com vagabundos. Nada além de vagabundos. Cavalheiros do seu tipo o deixam maluco."

"Enfim, como você recomendou este lugar, pensei em parar e beber algo."

"Então você pensou em parar e beber algo."

Ela o olhou de maneira afetada, medonha e constrangedora.

Com cautela, ele moveu seu braço para evitar ser pressionado por um seio gigante e disse, rapidamente, "Tem visto Max ultimamente?"

"Não, obrigada. Ele estava preso. Acho que já foi solto. Gosto de me divertir. Meu deus, todo mundo que me conhece sabe disso. Arrumo um pouco de dinheiro e sigo adiante. Sou o que se pode chamar de amigável. Tenho visto um monte de gente, e estado em um monte de lugares. E aguento bastante desaforo. Quem é perfeito? Mas deixe que eu fale sobre esse Max Cady. Ele é homem mesmo. Tenho que admitir. Mas é ruim como uma serpente. Não liga a mínima para ninguém no mundo, a não ser Max Cady. Sabe o que ele fez comigo?" Baixou a voz e sua expressão se endureceu. "Estávamos lá em casa. Eu estava curiosa sobre ele. Sabe como é, você quer conhecer as pessoas. Eu fazia perguntas e não conseguia era nada. Então estávamos lá, eu arranjei uma bebida para ele e disse: 'Chega dessa enrolação, Maxie. Pode me contar. Conte tudo. Qual é o lance com você? Diz para a mamãe'."

Ela virou a dose, tomou um gole de água e gritou a Nick pedindo que completasse. "E o que ele fez? Ele me bateu. Me bateu! Bessie McGowan. Bem ali na minha casa, tomando minha bebida, levantou de uma das minhas cadeiras e me espancou em tudo quanto foi canto. E rindo o tempo inteiro. Deixe que eu diga isso, pelo jeito que a coisa foi, pensei que ele ia me matar, sinceramente. E aí ficou tudo escuro."

"Acordei quando amanhecia. Eu estava no chão, toda quebrada. Ele tinha ido embora. Tive que me arrastar de quatro até a cama. Quando pude me levantar, fui até o espelho. Minha cara parecia uma bola de basquete roxa. Sentia tanta dor pelo corpo que não conseguia me mexer sem gemer. Chamei o médico e contei que caíra da escada. Nunca chamei a polícia na vida, para nada, mas dessa vez foi por pouco. Quebrei três costelas. Quarenta e três contos no dentista. Foi tão feio que eu fiquei uma semana sem pôr os pés fora de casa, e quando saí estava andando como uma velhinha. Sorte que eu sou forte como um cavalo, senhor. Aquela surra teria matado a maioria das mulheres. E você deve imaginar, não me sinto exatamente inteira ainda. Quando li sobre a prisão, arrumei uma garrafa e bebi sozinha. Ele não é um ser humano. Esse Max é um animal. Tudo que eu fiz foi perguntar coisas. Tudo que ele precisava fazer era me mandar calar a boca."

Bebeu sua segunda dose, e quando chamou Nick outra vez, Sam pediu mais uma cerveja.

"Então ele não é amigo seu, Bessie."

"Se eu o visse morto na rua, pagava uma rodada para o bar inteiro."

"Também não é amigo meu."

Ela balançou os ombros. "Como diz isso, se só nos viu aquela vez?"

"Não vi. Eu inventei essa história."

Os olhos cinzentos assumiram uma frieza enorme. "Não gosto de gracinhas."

"Eu me chamo Sam Bowden."

"E o que isso tem a ver com... Você disse Bowden?"

"Talvez ele me chamasse de tenente."

"Sim, ele chamava."

"Bessie, eu quero que você me ajude. Não sei o que esperar. Ele está tentando me atingir. De algum jeito. Quero saber se ele lhe deu alguma pista."

Ela manteve a voz muito baixa. "Ele é um cara esquisito, Sam. Não é de falar muito. Não mostra muito do que vai lá dentro. Mas falou duas vezes do tenente Bowden. E nas duas vezes eu senti um frio na espinha. Em parte por causa do olhar que ele tinha. Mas não falou nada que fizesse sentido. Uma vez ele disse que você era um velho companheiro do Exército, e para mostrar o quanto gostava de você ia matá-lo seis vezes. Disse que o deixaria para o final. Ele estava bebendo e eu tentei, você sabe, tipo rir do que ele dizia, como se dissesse que ele não mataria ninguém de verdade."

"O que mais ele falou?"

"Nada. Só me olhou e não disse mais nada, naquela vez. Você sabe do que ele estava falando? Como ele pode matar alguém seis vezes?"

Sam baixou os olhos até seu copo de cerveja. "Se um homem tiver uma esposa, três filhos e um cachorro."

Ela tentou rir. "Ninguém faz isso."

"Ele começou com o cachorro. Veneno."

Seu rosto ficou pálido. "Deus todo-poderoso!"

"O que mais ele disse?"

"Teve só mais uma vez em que falou de você. Disse alguma coisa sobre eu estar fazendo um favor a ele, quando encontrasse com o tenente. Ele estaria implorando por isso. Meio que faz sentido com a outra história, não faz?"

"Você iria comigo até a delegacia fazer uma declaração do que o ouviu dizer?"

Ela o olhou por dez segundos. Pareceu um tempo enorme. "Você está pedindo ajuda de uma garota complicada, queridinho."

"Você iria?"

"Vou dizer o que faremos, benzinho. Fale com J. Edgar. Ed é um querido. Os garotos e eu temos..."

"Tenho uma menina de quinze, um menino de onze e outro de seis anos."

"Você está partindo meu coração, queridinho. Para começo de conversa, já vi o interior daquele lugar vezes demais. Em segundo lugar, eles não vão ouvir nada que Bessie McGowan tenha para dizer. Em terceiro, este é um mundo cruel e eu sinto muito que você tenha problemas, mas é assim que a banda toca."

"Estou implorando para você..."

"Ei, Nick! Acabou que não conheço esse vagabundo aqui. Como permite que as damas sejam incomodadas nesta bodega?"

"Não precisa fazer isso", disse Sam.

Ela saiu do banco. "É aqui que eu estou, benzinho. Bem no ponto em que estou indo cuidar da minha vida. Bem no ponto onde não preciso fazer nada a respeito de nada."

"Não tão alto, Bessie", Nick falou.

Recolheu todo seu troco, exceto por uma moeda. Empurrou-a para Nick. "Divirta-se, amor. Vou procurar um ponto melhor."

Bateu a porta às suas costas. Nick pegou a moeda e a encarou, pensativo. "Boa bola, amigo. Como você fez para ela ir embora? Talvez eu possa usar isso, alguma hora."

"Não saberia dizer."

Nick suspirou. "Há muitos e muitos anos ela foi Miss Indiana. Mostrou-me o recorte do jornal. Eu disse que nem sabia que Indiana era um estado, tanto tempo atrás. Ela me acertou um gancho de esquerda bem no olho. Bom, apareça mais vezes."

Caminhou pela Jaekel Street. O número 211 era uma construção quadrada, de três andares, pintada de marrom e com as vigas amarelas aparecendo. Uma placa na janela anunciava ALUGA-SE QUARTO. Um velho estava sentado em uma cadeira de balanço, no umbral estreito, de olhos fechados. Havia dois buracos na porta de tela, um deles remendado. Sam apertou a campainha e a ouviu tocar no fundo da casa. Havia ali um cheiro acre, de mofo, repolho, lençóis sujos. Uma gritaria soava no andar de cima. Podia ouvir a voz grave de um homem, lenta e estranhamente calma, e logo uma reclamação aguda que parecia poder durar para sempre. Ele conseguia pescar uma ou outra palavra. Podia ver, no corredor, uma mesinha escura com diversas cartas e a sombra definida de uma luminária acesa.

Uma velha magricela veio pelo corredor, em sua direção. Seus passos eram assustadoramente pesados. Parou antes da porta de tela e disse: "Quié?".

"O sr. Max Cady mora aqui?"

"Nem."

"Sr. Max Cady?"

"Nem."

"Mas morou aqui?"

"Foi. Mas não mora mais, não. Eu não o aceitava de volta, se ele quisesse. Não queremos saber de briga com polícia, Marvin e eu. Não temos nada a ver com isso. Não, senhor. E esses presos. Era lá que ele estava. Prisão. Trancafiado. Voltou sexta passada e pegou suas coisas. Mandei Marvin levar tudo para o porão. Ele não quis pagar nada pelo espaço que as coisas dele ocuparam fora da casa, mas eu disse que chamava a polícia de novo sem pestanejar e ele acabou pagando e indo embora e ponto final."

"Ele deixou o endereço de correspondência?"

"Isso seria uma coisa perfeitamente estúpida para um homem que nunca recebe cartas, não seria?"

"Mais alguém veio procurar por ele?"

"Você é o primeiríssimo e eu rezo de verdade para que seja o último porque Marvin e eu não simpatizamos com esse tipo de gente."

Telefonou para Dutton na manhã seguinte. Ele disse que tentaria fazer com que alguém descobrisse algo sobre Cady.

Nada aconteceu até sexta-feira. No sábado, foi de carro até Suffern, e no domingo eles visitaram Nancy e Jamie. Estava de volta ao escritório na segunda pela manhã. Não contara a Carol sobre a história que ouvira de Bessie McGowan. Não queria que ela soubesse que ele fora até a área de Cady, não queria alarmá-la.

Nada aconteceu na segunda. Ou na terça.

O telefonema do sr. Menard veio na quarta-feira, às dez da manhã do último dia de julho, o dia em que Carol deveria buscar Jamie à tarde para levá-lo com ela até Suffern. Era o último dia do acampamento.

Quando se deu conta de quem estava telefonando, sentiu como se seu coração houvesse parado.

"Sr. Bowden? Jamie se machucou, mas não foi nada sério."

"Como ele se machucou?"

"Acho que é melhor o senhor vir até aqui, se puder. Ele está a caminho do hospital de Aldermont, e provavelmente é melhor que o senhor vá direto para lá. Mas repito, não foi nada sério. Ele não está em perigo. O xerife Kantz vai querer falar com o senhor mais cedo ou mais tarde. Eu tive que... dar a ele as informações que eu tinha, naturalmente."

"Estou saindo daqui agora. Minha esposa já foi avisada?"

"Ela saiu antes de terminar a ligação. Imagino que ela esteja no caminho para cá. Vou mandá-la para Aldermont e poderemos manter nosso amiguinho aqui conosco, se ela concordar."

"Diga a ela que eu acho essa uma boa ideia. Onde está Nancy?"

"No caminho com o irmão e Tommy Kent."

"Você pode, por favor, me contar o que aconteceu com o menino?"

"Ele foi baleado, sr. Bowden."

"Baleado!"

"Poderia ter sido mais grave. Muito mais grave. Foi na parte de dentro do braço esquerdo, uns sete centímetros abaixo do ombro. Fez um talho bem feio. Ele perdeu sangue e, naturalmente, ficou apavorado."

"Imagino que sim. Vou para lá o mais rápido que puder."

"O jovem Kent pode contar o resto da história no hospital. Não corra na estrada, sr. Bowden."

CAPÍTULO NOVE

Carol já estava no hospital havia quase uma hora quando Sam chegou à uma e meia. Ela e Nancy estavam no quarto compartilhado, com Jamie, quando Sam entrou e lhe deu um beijo. Ela parecia completamente sob controle, mas ele sentiu o tremular de seus lábios quando a beijou. Nancy tinha uma expressão de pesar e preocupação. O rosto de Jamie sobre o travesseiro estava pálido o bastante para que, sob a pele bronzeada, aparentasse lividez. Trazia o braço esquerdo enfaixado, e parecia orgulhoso e excitado.

"Ei, eu não dei um pio quando eles me deram os pontos, e foram seis."

"Doeu?"

"Um pouco, mas nada de mais. Caramba, mal posso esperar para contar às crianças lá do bairro. Uma bala de verdade. Ela atravessou meu braço e a parede do refeitório, de um lado até o outro — zum — e quando eles a encontrarem eu vou poder ficar com ela depois que o xerife der uma olhada naquilo. Quero colocar numa daquelas caixinhas de madeira com um vidro, no meu quarto."

"Quem fez isso?"

"Diabos, quem sabe? Aquele cara, eu acho. Aquele Cady. Um monte de crianças nem ouviu tiro nenhum. Eu não ouvi. Queria ter escutado. Ele estava bem lonjão, em algum lugar no alto da colina Shadow, é o que o xerife acha."

Sam começou a compreender o quadro. "Conte para mim, Jamie, desde o começo."

Jamie pareceu desconfortável. "Bom, eu fiz besteira. Peguei a espuma de barbear do sr. Menard, ia colocar bem na cara do Davey Johnstone e depois ia devolver, mas daí me pegaram. Então fiquei dez dias lavando louça, e era o último. Todo mundo odeia lavar as panelas. Precisa usar palha de aço. E eu fiquei dez dias nisso porque meio que roubei algo, mesmo que não tenha sido isso. Aí você tem que tirar as panelas do refeitório. Tem uma torneira lá, e, ah, era mais ou menos nove e meia e eu estava lavando a louça do café e já tinha quase terminado.

"Eu só estava parado lá, olhando para a última louça, e bam! Pensei que algum palhaço tinha entrado no refeitório e feito um barulhão para me assustar. Aí meu braço ficou quentão e esquisito. Olhei para baixo e tinha sangue esguichando dele, para todo lado. Gritei o mais alto que pude e corri para a cabana do sr. Menard, e as outras crianças viram todo aquele sangue e começaram a correr e gritar também, daí puseram um torniquete em mim. E aí de repente começou a doer de um jeito horrível. Eu chorei, mas não muito. Nessa hora Tommy já tinha corrido para buscar Nancy e o xerife chegou e a gente veio todo mundo para cá, no carro do xerife, acho que a cento e cinquenta por hora e com a sirene apitando. Rapaz, queria poder fazer isso de novo quando meu braço remendado não estivesse doendo."

Sam se voltou para Carol. "E agora?"

"O dr. Beattie disse que vai mantê-lo aqui esta noite, e ele provavelmente vai estar bem para viajar amanhã. Recebeu um pouco de sangue."

"Vai ficar cicatriz", Jamie disse com fervor. "Uma cicatriz de bala de verdade. Será que vai doer antes das chuvas?"

"Acho que você precisaria estar com a bala no corpo, filho."

"Tanto faz, nenhum menino que eu conheço tem uma cicatriz de bala."

Uma enfermeira sorridente se aproximou e disse: "É hora desse veterano ferido tomar seu remedinho e tirar um bom cochilo".

"Diabos, não preciso de cochilo nenhum."

"Quando podemos vê-lo de novo, enfermeira?", perguntou Carol.

"Às cinco, sra. Bowden,"

Desceram as escadas até o saguão do hospital. Carol, com o rosto pálido, virou-se para Sam e disse em um tom baixo, que Nancy não poderia ouvir, mal movendo os lábios sem cor: "E agora? E agora? Quando é que ele vai matar um deles?".

"Por favor, meu bem."

"Papai, o xerife Kantz está vindo com Tommy", disse Nancy.

"Leve sua mãe até aquele sofá e sente-se lá com ela, Nancy, por favor."

O xerife era um homem comprido, de botas, calça marrom justa e uma camisa cáqui. Algo nele parecia estar ao ar livre, trazia uma arma na cintura e um chapéu de abas largas na mão. Cumprimentou com um aperto de mãos lento, de um modo quase atencioso. Sua voz era anasalada, com algo de cansaço.

"Acho que podemos conversar naquele canto, sr. Bowden. Você, Tommy, pode vir também."

Juntaram três cadeiras. "Vou lhe contar minhas conclusões, sr. Bowden, e então gostaria de fazer algumas perguntas. Primeiro de tudo, parece que a distância era de mais de seiscentos metros. E colina abaixo. Com um bom rifle, uma boa mira e um homem treinado, esse não é um tiro nada difícil. Imagino que, se não ventasse demais, eu acertaria praticamente todos os tiros em um círculo menor que um prato de torta. Se fosse temporada de caça aos cervos, talvez eu tivesse uma ideia diferente sobre o assunto. O braço do seu garoto estava bem junto ao corpo. O vento soprava com um tanto de força pelo sul. O menino estava virado para oeste. Então parece que uma rajada de vento desviou a bala alguns centímetros. Ninguém estava tentando dar um susto no garoto. Foi uma tentativa bastante séria de matá-lo. Se aquela bala entrasse, vamos dizer, uns seis centímetros mais à direita, aquele menino estaria morto antes que seu corpo caísse ao chão."

Sam engoliu em seco e disse: "Você não precisa...".

"Estou dizendo os fatos, sr. Bowden. Não conto isso para ver quão aflito você é capaz de ficar. E eu não falaria desse jeito com sua esposa. Se ele tivesse acertado o menino do jeito que tentou fazer, teríamos muita dificuldade mesmo para saber de onde o tiro partiu. Mas ele errou, colocou dois buracos na cabana e isso nos permitiu encontrar uma linha de mira. Não poderia ter sido direto, pelo jeito como a bala cai, especialmente depois de atravessar uma tábua de meio centímetro. Isso nos coloca no alto de um morro que as crianças chamam de Shady. Existem vários caminhos que saem dali e eu sei que ali há vários pontos de onde observar o acampamento. Tenho um agente, Ronnie Gideon, que coloquei para trabalhar nisso, e ele é um cara bom, conhece os bosques e sabe seguir um rastro. Ele vai encontrar o lugar de onde esse homem mirou. Já é muito tarde para fazermos bloqueios nas estradas porque não sabemos o que procurar. Compreendo que você possa nos contar pelo que devemos procurar, sr. Bowden."

"Não posso provar que ele deu o tiro. Não posso provar que ele envenenou nossa cachorra. Mas sei que foi Cady as duas vezes. Max Cady. Foi solto de uma prisão federal setembro passado, acho. Dirige um sedan cinza, Chevrolet, modelo de uns oito anos. Pode ligar para o delegado Dutton em New Essex e ele vai dar as informações de que vocês precisam."

"Ele deve ter realmente muito ódio de vocês."

"Eu fui responsável por colocá-lo na prisão perpétua. Mas deixaram que saísse depois de treze anos. Estava preso pelo estupro de uma australiana de catorze anos, durante a guerra. E já vem de uma fornada ruim. É um degenerado e eu acho que não bate bem da cabeça."

"É inteligente? Esperto?"

"Sim."

"Vamos considerar essa situação, então. Suponhamos que ele seja pego. Vai estar a quilômetros daqui, sem um rifle com ele, e vai negar ter atirado no menino. Deve ter sido uma bala perdida. Vai alegar perseguição. Não conheço nenhuma boa forma de mantê-lo preso, dentro da lei."

"É verdade."

"Agora, você tem que pensar do jeito que esse pessoal pensa. Vamos lá. Isso foi cuidadosamente planejado. Ele deve ter precisado gastar um tempo avaliando a situação. Então, deve ter pensado no que faria depois de matar o menino. Ele sabe que você o apontaria como suspeito, então teria que encarar a acusação, baseado na falta de evidências contra ele, ou teria que ter ajeitado tudo para poder se esconder. Matar uma criança chamaria muita atenção. Ele não poderia ter certeza de não ter sido visto por ninguém, nos caminhos do morro. Então eu acho que ele encontrou um lugar onde se esconder. Deve estar todo bem abastecido e vai se manter em algum canto fora de mão, onde ninguém vá procurá-lo."

"Você é mesmo otimista."

"Estou tentando ser prático. Então você pode saber o que esperar. Aposto que ele está furioso por ter errado o tiro. Acho que ele estava planejando ser rápido e sair da área. Ele pode tentar continuar a se mexer. Eu diria que é hora de ser tão cuidadoso quanto possível."

O xerife se levantou e sorriu de forma exausta. "Vou entrar em contato com o pessoal lá de New Essex e depois emito uma ordem de prisão. Acho que a coisa a se fazer pode ser se trancar com sua família."

"Não me parece algo aflitivamente divertido, xerife."

"Posso entender que você não tenha muito senso de humor depois dessa tarde."

"O que eu posso fazer, senhor?", Tommy perguntou a Sam.

"Você poderia... não, eu faço isso. Vou buscar Bucky e trazê-lo para cá. Fique com as moças, Tommy."

"Certo, sr. Bowden."

"E obrigado. Muito obrigado."

Levou pouco mais de meia hora para chegar de carro ao acampamento. Encontrou o xerife Kantz com o sr. Menard na cabana da administração. O rapaz com cara de enfado foi apresentado como sendo o agente Ronnie Gideon.

Menard estava obviamente perturbado. "Eu não sei o que poderíamos ter feito para evitar isso, sr. Bowden."

"Não o culpo de jeito nenhum."

"Estou com muita dificuldade em aceitar o fato de que isso foi intencional. O xerife Kantz garante que foi."

O xerife estava atirando um objeto pequeno para o alto e pegando-o na queda. "Esta é a bala. Completamente deformada. Calibre trinta, eu diria. O sr. Menard aqui colocou um bando de crianças para procurá-la até que encontrassem."

"Estamos dizendo que foi uma bala perdida", Menard falou. "Todo mundo já está nervoso o suficiente desse jeito. Mas não sei o que os pais vão dizer quando receberem cartas dizendo que uma bala perdida atingiu um dos campistas. Sinto muito, sr. Bowden. Eu não devia estar agarrado a meus problemas quando os seus são tão maiores."

"Você encontrou o lugar de onde o tiro partiu?", Sam quis saber.

O agente fez que sim. "Borda da rocha. De bruços. A uns dez metros daquela estrada. Amassou o musgo na pedra. Ainda estava marcado. Sem marcas de carro, nenhum cartucho vazio. Achei um toco de charuto mascado. Ele o esfregou na pedra. A ponta ainda empapada."

"Se ele tivesse matado o garoto", disse o xerife, "nós mandaríamos isso para o laboratório, para ver se encontrávamos algo na saliva. Mas não vejo como isso poderia ser melhor."

"Cady fuma charutos."

O xerife olhou com brandura a Sam. "Espero que você tenha licença para essa coisa que está carregando."

"Quê? Ah, claro. Sim, tenho uma licença."

"O que planeja fazer agora?"

"Íamos levar Jamie do acampamento hoje, de todo modo. Acho que vou ao acampamento feminino, pegar a bagagem de Nancy e encerrar seu período lá."

"E ir para casa?"

"Não. Vou deixar minha esposa e as crianças no lugar onde... ela tem estado com nosso caçula."

"Alguma chance de que esse Cady saiba onde eles estão?"

"Não vejo como poderia."

O xerife apertou os lábios. "Parece bom para mim. Deixe-os todos lá até que ele seja encontrado. Mas suponha que ele não seja pego. Como você vai saber que ele vai desistir e ir embora?"

"Acho que não vamos saber."

"Não pode deixar sua família escondida para sempre."

"Eu sei disso. Tenho pensado nisso. Mas o que mais posso fazer? Tem alguma ideia?"

"A única que tenho não me deixa orgulhoso, sr. Bowden. Pense nele como se fosse um tigre. Você quer tirá-lo do esconderijo. Então você deixa uma cabra amarrada e se esconde em uma árvore."

Sam o encarou. "Se você acha que eu seria capaz de pensar em usar minha esposa ou filhos como isca para..."

"Eu disse que não tinha orgulho disso. Você pode imaginar o que um tigre vai fazer, dizem, mas não pode adivinhar o que um maluco fará. Ele tentou atirar de longe, dessa vez. Da próxima, pode tentar algo diferente. Acho que é melhor mantê-lo escondido. É o melhor que você pode fazer."

Sam olhou para o relógio. "Eu queria pegar a mala de Jamie e levar Bucky, sr. Menard."

"Mandei que deixassem sua mala arrumada e a colocassem no refeitório. Bucky está com minha esposa. Vou buscá-lo. Sinto muito que esse tenha sido um fim tão horrível para o mês de Jamie."

"Estou feliz por não ter sido pior."

"Ficaremos ansiosos por tê-lo conosco ano que vem."

Sam se despediu do xerife e lhe agradeceu. O xerife garantiu que havia uma boa chance de Cady ser detido para interrogatório. Mas havia um vazio nessa garantia.

Sam estava de volta ao hospital às quinze para as cinco. Nancy ficou bem surpresa quando soube que ele a tirara do acampamento, e desapontada por não ter tido oportunidade de se despedir, mas não demorou a aceitar isso como uma decisão lógica e inevitável.

Ela acenou com a cabeça e disse: "Eu sei. Tem muitos morros. Eu não poderia ficar a céu aberto em nenhum lugar, durante o dia, sem pensar se...". E estremeceu.

Sam ligou para Bill Stetch de um telefone público no saguão do hospital, contando a situação a ele e dizendo que não voltaria ao escritório antes da sexta de manhã.

Depois de verem Jamie outra vez e desejarem boa noite a ele, jantaram no hotel Aldermont. Sam sugeriu que Carol dirigisse de volta a Suffern com Nancy e Bucky, e ele ficaria ali para pegar Jamie no dia seguinte. Mas quando percebeu quão relutante ela estava em se separar dele, dirigiu-se à recepção do hotel e reservou dois quartos para aquela noite. Tommy Kent insistiu que poderia pegar um ônibus de volta ao acampamento, mas Sam levou-o de carro. Nancy quis acompanhá-los, mas Sam mandou que ficasse com a mãe e Bucky. Preocupava-se com Carol. Ela estava completamente quieta e abatida. Durante o jantar, participara da conversa de um jeito mecânico. Parecia estar muito distante de todos eles.

Enquanto dirigia para oeste, rumo ao brilho do ocaso, disse a seu passageiro calado: "Estou fazendo a coisa certa, Tommy?".

"Senhor?"

"Tente se pôr no meu lugar. O que você faria?"

"Eu... eu acho que faria o que o senhor está fazendo."

"Soa como se você tivesse reservas a fazer."

"Não é isso, exatamente, mas tudo parece tão... o senhor sabe, esperar em vez de fazer algo."

"Passivo."

"Isso. Mas não consigo pensar em nada que o senhor poderia fazer."

"A sociedade está bem organizada para proteger a mim e a minha família de roubo, incêndios criminosos ou revoltas populares. Os criminosos casuais são mantidos razoavelmente sob controle. Mas ela não está preparada para lidar com um homem que tenta específica e irracionalmente nos matar. Sei que poderia insistir bastante para colocar minha família sob proteção oficial, integral. Mas isso só daria a Cady o prazer de encontrar um jeito de burlar a guarda. E se a polícia for tirada de cena, eu poderia contratar guarda-costas. Mas seria a mesma história, infelizmente. E seria um jeito bastante artificial de levar a vida. Haveria esse terror constante, especialmente depois do que aconteceu."

"Ele não vai poder descobrir que eles estão em Suffern?"

"Não, a menos que consiga nos seguir quando deixarmos Aldermont. Mas não acho que ele ainda esteja na área. Acho que ele está sempre meio passo à minha frente. Acho que ele sabe desgraçadamente bem que eu tiraria imediatamente as duas crianças do acampamento. Tenho a sensação de que ele voltou para os lados de Harper. Há bastante terreno consideravelmente ermo por lá."

"Eu com certeza não gostaria que nada acontecesse a Nancy."

"Suffern não me parece tão segura quanto parecia antes. Acho que devo tirá-los de lá novamente, amanhã."

"Fico mais aliviado com isso, eu acho."

Sam estudou um mapa rodoviário por muito tempo antes de partir com a caravana de dois carros desde Aldermont até Suffern. Jamie estava animado, e sua cor voltara ao normal. Tinha toda a indiferença condescendente de um veterano de guerra. Carol ainda estava estranhamente abatida e apática. Ele dirigiu na frente, com Nancy, e Carol seguiu com os meninos. Pegou desvios por estradas secundárias, e depois de parar duas vezes para ter certeza de não estarem sendo seguidos, prosseguiu com mais confiança. Era uma manhã clara, com o ar tão limpo que cada detalhe das colinas distantes ficava nítido. As estradas alternativas passavam por zonas belíssimas. Era o tipo de dia que animaria os espíritos. Estavam todos juntos. Ele tinha quase certeza de que Cady seria detido, e quando isso acontecesse, talvez houvesse algum meio legal de examiná-lo para determinar sua sanidade. Talvez algum tipo de pressão pudesse ser feito sobre Bessie McGowan para que ela testemunhasse.

Olhava frequentemente pelo retrovisor para ver a que distância Carol estava. Mais ou menos às onze horas, quando estavam a uns sessenta quilômetros ao sul de Suffern, ele olhou para trás no momento exato em que a caminhonete deu uma guinada brusca, tombou em uma vala funda e capotou. Tudo pareceu acontecer em câmera lenta. Ele pisou fundo no freio. Nancy olhou para trás e deu um berro. Com a marcha a ré engatada, acelerou para trás e saiu porta afora, correndo para o carro. Escalou sua lateral e abriu a porta. Bucky uivava, apavorado. Tirou-o primeiro do carro, depois Jamie e por fim Carol. Nancy os ajudou a descer. Não havia trânsito. Sam fez com que os três se sentassem na grama, no alto da vala, próximos ao resguardo.

Bucky tinha um galo na testa, grande como metade de uma noz. A boca de Carol sangrava. Jamie parecia não ter se ferido. Mas Carol desmontara. Completamente. Sua histeria parecia mais assustadora às crianças do que o acidente. Ele não era capaz de acalmá-la. Um caminhãozinho veio sacolejando pela estrada. Sam correu para pará-lo. Um velhinho com a cara azeda estava na direção. Olhava fixo para a frente, os dentes cerrados, a boca resmungando. Sam teve que pular fora do caminho, senão seria atropelado. Ficou parado na estrada, trêmulo de raiva, praguejando alto contra o veículo que ia embora.

O carro seguinte parou. Era um sedan empoeirado. O porta-malas estava lotado de ferramentas. Dois homenzarrões em roupas de trabalho desceram tranquilos e se aproximaram. Carol, àquela altura, havia se exaurido. Deitava de lado, pressionando o lenço de Sam contra os lábios.

"Alguém muito ferido?"

"Um lábio cortado e alguns arranhões. Não estava correndo. Onde posso achar ajuda?"

"Estamos indo para a cidade. Podemos mandar Charlie Hall aqui com o guincho. Ed, se você puder esperar aqui e voltar de carona com Charlie, eu posso levar a senhora e as crianças até o dr. Evans."

"Eu levei um tiro no braço ontem", Jamie anunciou.

Os dois homens olharam para ele sem expressão. Um carrão brilhante, com um casal de idosos dentro, desacelerou um pouco e voltou a acelerar.

Sam ajudou Carol a sair da vala e a colocou no sedan. Ela não reclamou. Só havia espaço para Bucky entre as ferramentas. Jamie sentou-se no colo de Nancy, na frente. O motorista entrou e disse: "O dr. Evans fica do lado esquerdo, em uma casa branca, bem na hora que você chega na cidade".

Quando partiram, Sam disse ao homem chamado Ed: "Nem mesmo lembro de lhe ter agradecido".

"Não acho que ele ficou magoado. E não consegui entender. Quem estava dirigindo?"

"Minha esposa dirigia a caminhonete, eu estava no carro com minha filha. Olhei para trás bem quando aconteceu."

"Entendi. Coisinha bem difícil, não ter problemas quando do você está sem o pneu da frente."

"Pneu da frente? Nem notei. O pneu da frente."

"Deve estar por aqui, em algum lugar. Provavelmente rolou para o outro lado." Encontraram-no depois de cinco minutos de busca, a quinze metros da estrada. O aro cromado refletia o sol e Ed o encontrou. Três carros pararam e foram mandados embora. Ed desceu na vala e analisou os parafusos do pneu. Tocou um deles com o dedo gordo.

"Engraçado", disse.

"Que foi?"

"Não tem nada gasto. As roscas estão meio espanadas. Vieram de longe?"

"De Aldermont."

"Bom, acho que você devia estar só com três porcas aqui, e cada uma apertada só o suficiente para segurar as roscas. Essa molecada anda maluca, hoje em dia. Mas mesmo que as porcas não estivessem todas bem apertadas, elas não poderiam se soltar ao mesmo tempo. Molecada danada, estou dizendo, pregando uma peça sem graça em vocês. Vamos ver se encontramos a calota."

O guincho chegou alguns minutos depois de Sam encontrar a calota na vala do outro lado da estrada. O carro foi eficientemente colocado sobre as rodas e arrastado para fora do buraco. O lado direito da caminhonete estava amassado e duas janelas, trincadas. Sam ouviu as instruções sobre como encontrar a oficina mecânica, agradeceu a Ed e dirigiu para a casa do médico. O nome da cidadezinha era Ellendon. O do médico, Biscoe. Ele explicou que estava praticando com o dr. Evans. Era pequeno, escuro, felino — com um bigode negro e traços de um sotaque impossível de identificar.

Levou Sam para uma salinha de exames, fechou a porta e ofereceu-lhe um cigarro. "Sr. Bowden, o senhor diria que sua esposa é uma pessoa nervosa? Tensa?"

"Não."

"Então ela tem estado sob algum tipo de tensão muito grande, ultimamente?"

"Sim. Um tensão muito grande mesmo, na verdade."

Gesticulou com seu cigarro. "Eu percebo — você sabe — indícios. A ferida de bala do menino. Dei uma olhada para ver se os pontos tinham aberto. Não é da minha conta. Mas se fosse minha esposa, eu tomaria cuidado para ver se a tensão acabava. Logo. É como em um combate. Ela se envolveu com todas as forças. E está totalmente em ação. Pode quebrar."

"O que você quer dizer?"

"Quem sabe? Fuga da realidade, quando a realidade se torna mais do que ela gostaria de suportar, ou mais do que seria capaz de suportar."

"Mas ela é muito estável."

Biscoe sorriu. "Mas não estável de um jeito tolo, estúpido. Não. Inteligente, sensível, imaginativa. Ela está completamente apavorada, sr. Bowden. Dei-lhe um sedativo suave. Fique com essa receita para ela, por favor."

"E sua boca?"

"Não cortou o bastante para dar pontos. Estanquei o sangramento. Vai ficar inchado por alguns dias. O pequenininho está feliz com seu galo. Fica se admirando no espelho. Nada além disso."

"Preciso ir e ver como está o carro. Seria abuso demais se eu pedisse para deixá-los aqui enquanto confiro isso?"

"De jeito nenhum. A sra. Walker vai lhe dar a conta, sr. Bowden. Sua esposa está descansando e suas crianças bem comportadas estão no quintal, admirando minhas lebres."

A caminhonete estava suspensa, sendo consertada. O administrador disse: "Não tem muito dano. Precisamos limar um par daquelas roscas espanadas, até conseguirmos colocar a roda de volta. Vai ser difícil de alinhar, mas não acho que o chassi esteja empenado. Nenhuma das portas da direita está abrindo. Repusemos o óleo que vazou, e desamassá-la seria um trabalho demorado, claro, mas acho que você está querendo voltar para a estrada."

"Eu gostaria. Não acho que minha esposa vá querer dirigir. Vocês podem ficar com meu carro por alguns dias?"

"Mas claro."

"Quanto tempo ainda vai demorar para ficar pronto?"

"Dê-nos mais uns quarenta minutos."

"Posso pagar em cheque?"

"Claro."

Depois de pegar a receita, voltou ao consultório. A enfermeira mostrou onde Carol descansava. As cortinas estavam cerradas e seus olhos, fechados, mas ela não dormia. Abriu os olhos quando ele se aproximou da cama. Havia manchas de sangue seco em sua blusa. Ela sorriu com desânimo e ele sentou-se na borda da cama, tomando sua mão.

"Acho que eu perdi o controle", ela disse.

"Você aguentou bastante, não?"

"Estou envergonhada. Mas não é por causa do acidente. Acho que você sabe. É por causa de Jamie. Desde que aconteceu aquilo. Um menininho que nem ele. Tentarem matá-lo com uma arma. Tentarem acertar um tiro nele, como se fosse um animalzinho."

"Eu sei."

"Eu só não pude parar de pensar nisso. Minha boca está muito feia?"

"Horrível", ele disse, arreganhando os dentes.

"Sabe, quando eu olho para baixo consigo ver meu lábio superior. Está com um corte por dentro. Ele colocou algo nisso. É muito amável."

"E deu-lhe algo."

"Eu sei. Amenizou as coisas. Faz com que eu me sinta leve. O carro ficou destruído?"

"Vai estar pronto para rodar em meia hora. Não muito bem, mas vai funcionar."

"Isso é ótimo! Mas... eu não quero dirigi-lo mais hoje."

"Vou deixar meu carro por aqui e voltamos todos juntos na caminhonete."

"Certo, querido."

"E como aconteceu?"

"Desde o começo ele não estava muito firme. Você sabe, meio que puxava o volante. Pensei que estivesse desalinhado de novo. Precisei corrigir a direção toda hora. E aí, nas curvas, fazia uns barulhos estranhos de algo quebrando, em algum lugar na frente. Daí, bem na hora que aconteceu, ficou muito pior. Senti uma vibração enorme. Estava prestes a pisar no freio e buzinar para que você parasse quando vi a roda se soltando à minha frente. Na hora em que entendi o que estava acontecendo, começamos a virar e alguma coisa me acertou na boca. Eles sabem o que aconteceu?"

"Alguém afrouxou a roda."

Ela o olhou e depois fechou os olhos, apertando a mão com força em volta de seus dedos. "Deus do céu!", murmurou.

"Ele conhece o carro. Saberia que o hospital mais próximo era em Aldermont. Teria como descobrir isso. Aldermont não é grande. Não acho que eles tenham um segurança à noite, no estacionamento perto do hotel. Se tivéssemos tomado a rota principal, com todo aquele trânsito pesado, teria sido uma história bem diferente."

"Quando foi que ficamos tão sem sorte? Quanto tempo esperamos até que isso acontecesse?"

"Eles vão prendê-lo."

"Eles nunca vão prendê-lo. Você sabe disso. Eu sei disso. E se eles o pegarem, vão deixá-lo ir de novo que nem fizeram da outra vez."

"Por favor, Carol."

Ela virou o rosto para o outro lado. Sua voz soava distante. "Acho que eu tinha sete anos. Minha mãe ainda estava viva. Fomos a um parque de diversões. Havia um carrossel e meu pai me colocou sentada em um grande cavalo branco. Foi maravilhoso, durante um tempo. Eu me agarrei ao apoio e o cavalo subia e descia. Eu não soube, até muito tempo depois, que meu pai pagara ao homem para que aquela fosse uma volta bem, bem longa. Depois de um tempo, os rostos das pessoas começaram a ficar embaçados. A música parecia ficar mais alta. Quando olhei para fora, tudo que via eram riscos. Queria que aquilo parasse. Na hora que fechei os olhos, senti como se fosse cair. Ninguém ouvia meu grito. Tive a sensação de que eu estava indo mais e mais rápido, que a música ficava mais e mais alta e que eu ia ser arremessada."

"Meu bem, por favor."

"Quero que isso pare, Sam. Quero que pare de girar e girar. Quero parar de ter medo."

Olhou para ele em um apelo desvalido. Ele nunca se sentira tão impotente na vida. E nunca a amara tanto.

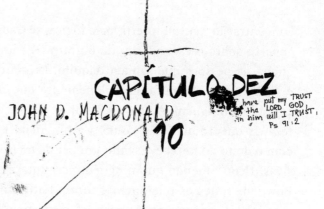

CAPÍTULO DEZ

Quando chegaram a O Vento Oeste, no fim da tarde, o homenzinho agitado ficou curioso pelo estrago no carro, pelo lábio inchado de Carol e pelo galo na testa de Bucky. Jamie tinha recebido ordens bem claras e sérias para que não falasse de sua ferida espetacular. O esforço em não contar nada fazia parecer que ele explodiria, mas ele conseguiu se conter.

Depois de terem se ajeitado, Sam telefonou para o escritório outra vez e disse a Bill Stetch sobre o acidente e, num impulso súbito, se ouviu dizendo: "Sei que isso vai bagunçar bastante com a rotina daí, mas estou com problemas pessoais, Bill, e queria ficar fora a próxima semana".

Ouviu-se um silêncio na linha, até que Bill disse: "Você não tem sido uma grande presença por aqui, ultimamente. Clara sabe quais são seus compromissos?".

"Tem a agenda inteira. E ela vai saber quais cancelar e remarcar para depois, e quais precisam de outro jeito. Ela pode lhe dar as informações de que vai precisar. Johnny Karick pode ficar com alguns para ele."

"Certo, parceiro. Espero que você resolva tudo por aí."

"Estou tentando, Bill. E obrigado."

Depois de desligar, voltou para o quarto de Carol e se sentou à mesinha. Com papel e lápis para ajudar na concentração, tentou inferir, pela lógica, se Cady teria descoberto sobre o esconderijo de Suffern. Fez uma lista pequena de pessoas que sabiam daquilo. Perguntou a Jamie e Nancy, mas eles juraram solenemente que não haviam contado a ninguém. A não ser Tommy. E Nancy tinha certeza de que Tommy não contara a ninguém. Ele conferiu com o dono do hotel e, usando um par de mentiras inofensivas, ficou sabendo que ninguém perguntara sobre a sra. Bowden. Todos os telefonemas foram feitos do escritório, mas fora ele próprio quem ligara. A correspondência havia sido entregue diretamente no escritório. Ele mesmo enviara suas cartas para Carol. A possibilidade de Cady segui-los até Suffern era remota. Pensou e repensou o quanto podia e resolveu que a chance era remota demais para ser verificada completamente.

No fim, decidiu que Suffern era segura. Tomando cuidado, continuaria segura. Sabia que nada funcionaria direito se ele se baseasse em intuições e inquietação supersticiosa. Precisavam de um ponto de partida. Suffern era segura. Então Suffern era uma base adequada, um lugar de onde operar.

Na sexta, sábado e domingo eles vegetaram. O repouso e o remédio melhoraram os nervos de Carol. Nadaram ao sol, na chuva e uma vez ao luar. Comeram muito e dormiram por horas a fio. E devagar, a cada hora, a resolução cresceu na mente de Sam. Achou quase impossível de encará-la a princípio. Mas se tornou mais e mais fácil. A ideia era tão alienígena à sua natureza, que o revoltava. Significava uma inversão de todos os seus valores, de todas as coisas pelas quais vivia. Sabia que essa luta interna causava mudanças visíveis em seu comportamento. Por várias vezes percebeu Carol olhando para ele, observando-o. Ele sabia estar parecendo taciturno e disperso.

No meio da manhã de segunda-feira, um dia opressivamente quente, ele tirou Carol de uma de suas partidas de tênis e a levou a um dos barquinhos amarelos. O céu poente tinha uma cor de cobre e mau agouro. Um raro vento úmido ondulava a água e depois morria em uma espera de calmaria. Carol sentou-se na popa, de shorts brancos e corpete vermelho, com a ponta dos dedos riscando a água enquanto ele remava para o meio do lago de mais de um quilômetro de comprimento. Recolheu os remos gotejantes e o barco continuou suavemente, até parar. Acendeu dois cigarros e entregou um a ela.

"Obrigada. Você está esquisito, você sabe."

"Sei."

"E essa é a hora em que você conta tudo?"

"Sim. Mas algumas perguntas antes. Como você está?"

"Melhor, acho. Poderia ficar em cacos de novo, se eu fizesse um esforço. Desde que você me convenceu de que estamos seguros aqui, e como estamos todos juntos, eu me sinto melhor. Mas não alegre. Você diz que é seguro, mas minha cria está lá longe, a meio quilômetro fora da água, e não me sinto realmente bem se não posso vê-los e tocá-los."

"Eu sei."

"Por que você quer saber como estou? Além de curiosidade e educação."

"Tem algo que quero fazer. Não posso fazer sozinho."

"Como assim?"

"Tenho oscilado de um ponto ao outro disso. Quero matar Cady."

"Claro. Eu também, mas..."

"Não foi uma força de expressão. Quero dizer que pretendo traçar um plano, montar uma armadilha para matá-lo e descartar o corpo. Quero cometer assassinato, e acho que sei como fazê-lo."

Ela o encarou pelo que pareceu ser um longo tempo. E então desviou o olhar, como se envergonhada. "Assassinato não. Execução."

"Não me ajude com justificativas. Assassinato. E pode dar errado, mas não se tivermos cuidado. Você tem estômago para me ajudar?"

"Tenho. Seria algo que fazer. Seria mais do que ficar esperando e olhando para as crianças e pensando qual deles iríamos perder. Sim, Sam. Posso ajudar, e você pode confiar em mim e não vai ter nada se desfazendo em cacos, também. Esperar foi o que me derrubou. Agir, não."

"Era o que eu esperava. Sua parte é pior que a minha."

"Conte", ela disse. Estava debruçada para a frente, os olhos escuros intensos, inquisidores os braços bronzeados cruzados sobre os joelhos. Ele a olhou e pensou como suas pernas eram bonitas, e como ela era toda firme e vibrante. As rajadas de vento haviam virado o barco, e o cobre distante estava mais alto no céu, e a água no fundo do lago, atrás dela, mais escura. A água negra e o céu faziam as casas brancas se destacarem claramente na borda do lago.

Aquele era, para ele, um momento curiosamente significativo, de uma irrealidade dramática. Estes, pensou, não podem ser Sam e Carol, marido e mulher. Ele pensara que conhecia a esposa e a si mesmo. Mas era um tempo de mudança. Havia uma nova qualidade de tensão e excitação entre eles, mas também algo doentio, um tom de decadência.

"Conte, Sam."

"Você pode me ajudar a planejar isso. Eu só tenho... uma ideia geral. Começou com uma coisa que o xerife disse. Eu não pensei nos detalhes. Nós deixamos as crianças aqui. Nancy pode assumir a responsabilidade."

"E o que dizemos a eles?"

"Certamente não dizemos o que queremos fazer. Vamos pensar em algo. Alguma mentira plausível. Você e eu voltamos para casa. Temos que apostar que ele vai até lá. Especialmente se pensar que você vai estar sozinha. Precisamos dar um jeito de que pareça isso. Não podemos dar a chance de que ele faça com você o mesmo tipo de coisa que fez a Jamie. Estive pensando no plano. Se você estiver no jardim ou no quintal, ele teria essa chance. Ou muito exposta em alguma janela que dá para os fundos, à noite."

"Claro. Onde você vai estar?"

"Devo me esconder em algum lugar da casa. Esperando."

"E ele não vai saber que é uma armação? Não vai perceber?"

"Talvez. Mas temos que fazer o melhor que pudermos. Foram os detalhes em que não pensei ainda."

Ela mordeu a ponta do dedão. "E se você estivesse no alto do celeiro?"

"Estaria muito longe. Preciso estar na casa, com você."

"Se houvesse algum tipo de sistema de comunicação, não seria tão longe. Nancy e Sandra não inventaram uma sirene, há uns anos?"

"E me fizeram montar a fiação. Sei que ainda está lá em cima."

"Eu poderia dormir no quarto de Nancy. Você pode fazer com que volte a funcionar."

"Mas por que o celeiro?"

"Pensei sobre como fazer parecer verdade. Você pode pegar o carro. Daí eu sairia na caminhonete como se estivesse indo às compras. Pegaria você em algum lugar, você se esconderia no carro e eu dirigiria direto para o celeiro quando voltasse, e depois seguiria para a casa com um saco de compras. Poderíamos comprar comida para ficar com você no celeiro. Essa seria uma forma de voltar sem que ele soubesse."

"Mas e se ele não me vir saindo?"

"O carro não estaria lá, de qualquer modo, e se fizermos de outro jeito ele pode vê-lo voltando."

"Eu poderia esperar até a noite e me esgueirar para a casa."

"Se é para parecer que eu estou sozinha em casa, a melhor forma é *estar* sozinha em casa. E se ele estiver observando, vai ficar satisfeito de me ver sozinha e vai aparecer atrás de mim."

"Temos que ter certeza de que podemos com ele."

"Vou estar com a Woodsman, e você com a arma nova. Há uma porção de coisas que posso fazer para garantir que estarei segura por um bom tempo. Como amarrar panelas nas escadas, para que ele faça barulho quando subir."

"Você pode lidar com isso, Carol? Pode?"

"Sei que sim."

"Então há outra parte do problema. Suponha que nós... façamos isso. E aí?"

"Bom, ele não poderia ser um ladrão? Quer dizer, não se pode atirar em um ladrão? E a polícia sabe sobre ele, não sabe? É um criminoso. Não poderíamos simplesmente telefonar para eles?"

"Eu... acho que sim. Acho que não teria problema. Pensei naquela obra da estrada. Eles estão cavando uma porção de valas."

"Mas muita coisa pode dar errado, e aí ficaria ruim para nós, não?"

"Você tem razão, claro. Eu não estava pensando direito."

"Podemos fazer isso, querido. Temos que fazer."

"E não podemos ser descuidados. Nem por um minuto. Temos que ser frios como gelo."

"E se não acontecer nada?"

"Alguma coisa vai acontecer. Ele não pode se dar ao luxo de esperar muito mais. Deve querer andar logo e acabar com isso. Podemos voltar pela manhã?"

"Hoje, querido. Por favor. Vamos hoje e já começamos para que isso acabe logo. Reme de volta, por favor."

Partiram depois do almoço. No caminho até Ellendon, para pegar o carro, discutiram se Nancy aceitara completamente a mentira que haviam contado. Dirigiram devagar, sob uma chuva pesada e constante, com uma ventania que atirara galhos em meio à pista. Nancy fora bastante séria e escrupulosa com relação a sua responsabilidade para com os pequenos. E ela tentara dizer a eles que não achava muito inteligente voltar e pressionar a polícia para que se esforçassem mais em prender Cady. Achava imprudente tentar ficar em casa. Disse que eles deviam ficar em um hotel em New Essex. E desejava que nenhum dos dois fosse embora, mas se era isso que queriam fazer, ela certamente tomaria conta de Jamie e Bucky e os manteria longe de problemas.

Chegaram à casa pouco depois das cinco, colocaram os dois carros no celeiro e correram para a casa com as malas. A chuva parara e as árvores gotejavam. Enquanto cruzavam o gramado, Sam percebeu que corria com os ombros curvados, tentando se colocar entre Carol e o morro que se elevava atrás do celeiro. Sentiu-se aliviado quando alcançaram a relativa segurança da porta de entrada. Sentiu que era absurdo pensar em Cady de bruços no alto do morro, o rosto contra a arma, o dedo no gatilho, caçando-os pela lente da mira. Ele não podia estar tão preparado assim. Mas, por outro lado, era igualmente absurdo assumir que ele não estaria pronto, que agiria como se não estivesse.

Antes de anoitecer, Sam subiu à janela do sótão e conferiu o morro com seus binóculos. Quis que não fosse tão cheio de árvores, que não houvesse tantas rochas grandes, tanto matagal.

Andaram pela casa juntos, antes que escurecesse, vendo quais lugares eram seguros. Resolveram ser imprudente usar a cozinha à noite. Ela poderia usar o escritório e o quarto de Nancy. Quando anoiteceu, ele arriscou sair da casa para se assegurar de que ela não podia ser vista em nenhum dos dois aposentos iluminados, desde fora. Rondou a casa com o revólver na mão, movendo-se com cuidado, parando onde as sombras noturnas eram mais densas, para esperar e escutar.

Quando voltou para casa, descobriu que havia demorado demais lá fora. Carol o abraçou forte e ele sentiu seu corpo tremendo. Trancou a casa com bastante cuidado, conferindo cada porta e janela. Dormiram no próprio quarto. Carol veio se deitar na cama dele, que a abraçava, a arma sob o travesseiro, a porta do quarto trancada, uma engenhoca de panelas e cordas como armadilha nas duas escadas.

Terça-feira, seis de agosto, foi um dia de ouro. Depois do café, verificaram o sistema de alarme, e Carol o acompanhou quando saiu para comprar baterias. Antes de saírem, ele examinou a caminhonete atentamente.

Toda vez que tinham de atravessar da casa para o celeiro, iam bem rápido. E toda vez ele olhava para o morro. Tornou-se mais e mais certo de que Cady estava lá em cima. E Cady não ficaria nem um pouco surpreso ao vê-los correndo.

Quando o sistema de alarme estava funcionando e havia sido inteiramente testado, combinaram os sinais. Durante as horas de vigília, ela deveria acionar o telégrafo três vezes, a cada hora, e ele retornaria o mesmo sinal. Deveria sair do quarto de Nancy só quando fosse absolutamente necessário, e, ainda assim, pelo tempo mais curto possível. Era evidente que Cady não conseguiria entrar sem que ela o ouvisse. Ao primeiro ruído suspeito, ela deveria segurar o botão em um longo e único sinal.

Não havia uma boa sensação de excitamento. Não havia o sabor do jogo. Nenhuma piada nervosa. A tensão era austera e pesada. Não disseram nada um para o outro além do necessário, e os dois evitaram se olhar nos olhos. Era como se tivessem embarcado em um projeto que os envergonhava.

Ele disse: "Acho que estamos tão preparados quanto possível".

"Quando devo ir atrás de você?"

"Essa é a parte que não gosto. Não pode ser muito rápido. Mas não quero deixá-la sozinha mais do que o necessário."

"Vou ficar bem. É um risco que temos de correr. Agora são onze horas. Ao meio-dia?"

"Certo." Ele a olhou, questionando-se.

Ela tocou seu braço. "Não é tão ruim durante o dia, sério. Vou tomar cuidado, vou ficar bem."

Beijou-a rapidamente e sentiu seus lábios frios, secos e impassíveis. Esperou na entrada até que a ouviu trancar a porta. Dirigiu-se ao carro, manobrou com pressa e seguiu para a cidade. Deixou-o na oficina de Barlow para uma revisão completa no motor. Caminhou dali para o supermercado novo que ficava no extremo oposto do centro. Comprou uma boa lanterna e a comida que pensava precisar. Quanto mais o meio-dia se aproximava, mais sua tensão crescia. O povoado ficava tumultuado àquela hora. Uma gota de suor frio escorreu por suas costas. Ao meio-dia e cinco, bem quando começava a perder o controle, ela entrou pela porta e parou, olhando o estabelecimento até o encontrar, e foi direto em sua direção.

"Betty Hernis", disse em uma voz baixa. "Tive que ser grossa para me livrar dela. Pegou tudo do que precisa? Deixe-me ver." Ela escolheu mais algumas coisa. "Acho que devemos matar um pouco de tempo, querido", disse. "Se eu saísse para fazer compras, não voltaria tão rápido. E você devia levar algo para ler."

Ele não sabia qual fora o momento exato em que se virou contra o plano cuidadoso que tinham. Pensara que conseguiriam. Pensara que podiam lidar com Cady. Mas havia muita coisa em jogo, muita coisa que podia dar errado. E a história toda parecia tão completamente errada para o caráter dos dois. Ele sentia que, se aquilo funcionasse, transformaria o mundo deles em uma selva da qual poderiam nunca mais escapar.

"Deixe que eu dirijo", ele disse enquanto caminhavam para a caminhonete.

"Quê? O que você vai fazer?"

"Indo para a cidade. Nós estamos indo para a cidade. Vou tentar falar com o delegado Dutton outra vez."

A voz dela estava trêmula. "Ele não fez nada. Ele não vai fazer nada. Não vai adiantar. Vamos fazer do nosso jeito."

"Preciso tentar mais uma vez." Sorriu, amarga e tristemente. "Coloque a culpa em minha intensa devoção à lei e à ordem."

"Ele não vai fazer nada, e vai nos impedir de fazer o que queremos."

"Não comece com lamentação."

"Mas isso nos põe de novo onde a gente estava. Esperando e só esperando e ficando nervosos a cada minuto."

O delegado Mark Dutton não estava, e esperaram quarenta minutos antes que ele voltasse à delegacia. A sala de espera era sem graça e deprimente. As pessoas que entravam os olhavam rapidamente, olhares breves que não continham qualquer interesse, nenhuma curiosidade. Carol sentou-se imóvel, o desânimo estampado em seu rosto.

Por fim, um agente se aproximou e os conduziu até o escritório de Dutton.

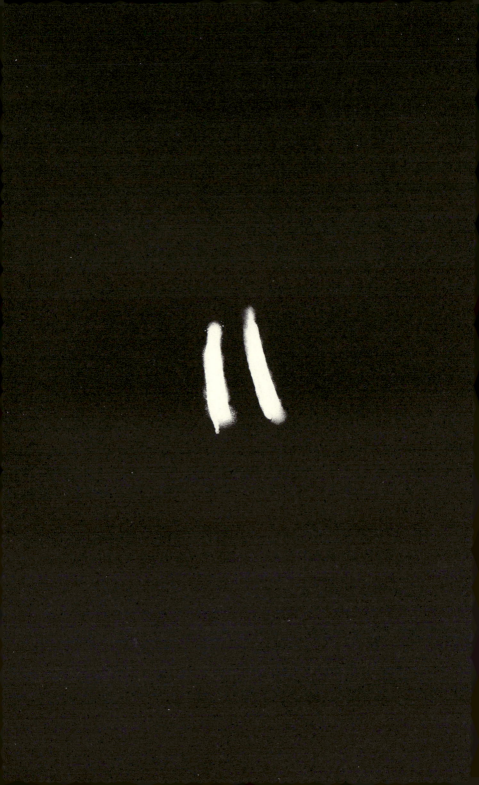

11

CAPÍTULO ONZE

Dutton os saudou com uma cortesia entediada. Sentaram-se em duas cadeiras próximas à mesa.

Sam disse: "Você ouviu sobre... o problema que tivemos lá no...".

"Um relatório e uma solicitação de informações vieram do xerife Kantz. Há um mandado de prisão para Cady. A menos que ele deixe a área, não vai ficar livre por muito tempo. Como está seu garoto?"

"Ele está bem. Tivemos sorte."

"E por quanto tempo vamos contar com a sorte?", falou Carol, desanimada.

Dutton lançou-lhe um rápido olhar, como se a avaliasse. "As crianças estão em um lugar seguro?"

"Achamos que sim. Esperamos que sim", disse Sam. "Mas em um negócio como este não há garantias. O homem é louco."

Dutton concordou. "Pelo que aconteceu, considerando que fosse ele o atirador, eu diria que essa é uma definição bem justa, sr. Bowden."

Dutton ouviu, sem mudar de expressão, quando Sam contou sobre a roda solta.

"O que eu posso dizer a vocês é que espero pegá-lo logo. Não sei que outras garantias posso dar. Coloquei esse caso na prioridade mais alta que podia. Se vocês puderem ser... cuidadosos até que..."

"Você quer que fiquemos escondidos", disse Carol, de modo abrupto.

"É um jeito de dizer isso, sra. Bowden."

"Você quer que a gente se esconda e espere e, quando ele for procurado por assassinato, você vai dar ao caso um pouquinho mais de prioridade."

"Um momento, sra. Bowden. Eu expliquei ao seu marido..."

Carol se pôs de pé. "Tem um monte de explicações sendo dadas. Eu não quis vir até aqui. Sinto muito se vim. Eu sabia que o senhor seria gentil e racional, delegado Dutton. Sabia que daria tapinhas em nossas cabeças e nos mandaria embora com um tipo qualquer de confiança na capacidade de vocês resolverem o problema."

"Escute, se..."

"Quem está falando sou eu, delegado Dutton. E estou falando com o senhor, e quero que me ouça. Nós íamos dar um jeito de encurralar aquele... animal. De me usar como isca. E precisaríamos daquela arma que o senhor fez meu marido carregar. Estou pasma de que você tenha ido até o ponto de deixá-lo ter uma arma. E bem quando tudo estava acertado, ele achou que devia vir aqui para vê-lo de novo. E eu sabia que seria exatamente a mesma história de antes."

"Carol..."

"Quieto, Sam. O mundo está lotado de homenzinhos cheios de si, cheios de autoridadezinhas e sem um pingo de imaginação ou bondade. Pois preencha esses seus formulários de prioridades, delegado, que nós vamos para casa tentar resolver do nosso jeito. A menos, claro, que você vá mencionar alguma lei que nos proíba até de tentar. Meus filhos estão em perigo, delegado, e se eu puder matar esse sr.

Cady, vou matá-lo com satisfação, com uma arma, uma faca ou um pedaço de pau. Vamos, Sam."

"Sente-se, sra. Bowden."

"Não vejo como..."

"Sente-se!" Pela primeira vez havia um tom pleno de dominação e autoridade na voz do homem. Carol se sentou.

Dutton se virou para Sam. "Como exatamente vocês planejaram atrair Cady?"

"Há uma porção de poréns. Se eu me esconder na traseira da caminhonete e me esgueirar até o alto do celeiro, no quarto de brinquedo das crianças. Se ele estiver vigiando a casa. Se nosso sistema de alarme funcionar. Se ele pensar que Carol vai estar sozinha e resolver ir atrás dela. Se eu puder atirar e acertá-lo."

Dutton olhou para Carol. "Vocês acham que ele está vigiando a casa?"

"Acho que sim. Sim", disse Carol. "Talvez eu esteja nervosa. Mas acho que ele está. Ficamos bastante isolados, lá."

"Por favor, esperem aqui", Dutton disse e saiu rapidamente do escritório.

"Sinto muito, querido", falou Carol. Sua boca tremia.

"Você foi um tanto fantástica."

"Eu passei vergonha. Mas ele me deixou tão furiosa."

"Uma leoa."

"Não. Noventa por cento coelha."

Dutton ficou fora por quinze longos minutos. Quando voltou, vinha acompanhado de um jovem, moreno e de uns vinte e tantos anos, baixo e forte, com olhos azuis gentis e lábios que mal cobriam os dentes salientes, cabelos castanhos precisando de um corte. Vestia uma camiseta branca, calças azul-escuras e trazia um lápis amarelo atrás da orelha.

Ficou parado em semialerta enquanto Dutton contornava a mesa e se sentava. "Este é o cabo Kersek. Ele é impaciente, solteiro, um atirador de primeira e anda entediado com seu posto nas Comunicações. Andy, estes são o sr. e a sra. Bowden. Desencarreguei-o do posto tanto no distrito quanto na força estadual. Andy foi da infantaria na Coreia. Posso designá-lo a vocês por três dias, sr. Bowden. Ele conhece o geral da situação. Repasse seu plano em detalhes com ele, e aceite suas recomendações sobre qualquer mudança. Boa sorte a vocês. E, sr. Bowden..."

"Pois não?"

Dutton sorriu levemente. "Você tem uma esposa incrivelmente eficiente. E muito bonita."

Carol corou e sorriu, dizendo: "Obrigada, delegado Dutton".

Conversaram com Kersek em uma salinha do tamanho exato para comportar seis cadeiras, uma mesa e um aquecedor. Sam explicou o plano original e traçou um rascunho tosco da casa, celeiro e do terreno em uma bloquinho amarelo. Andy Kersek estava tímido e desconfortável, a princípio, mas assim que começou a se envolver mais ativamente com o problema, tornou-se mais articulado.

"Qual a distância entre a casa e o celeiro, sr. Bowden?"

"Trinta metros."

"Acho que pode ser melhor se eu estiver no porão. Posso ir até lá quando escurecer. O senhor poderia abrir a janela do porão para mim, sr. Bowden."

"É um lugar abafado."

"Posso dar um jeito."

Agradou Sam o fato de Kersek não ter questionado a possibilidade de Cady aparecer. Aquilo fazia o projeto parecer mais oficial e profissional.

Depois de recolher o equipamento que pensou poder precisar, eles o levaram até a pensão onde ficava, para que vestisse uma calça preta surrada, uma camiseta escura e calçasse tênis.

Antes de chegarem ao povoado, Sam e Kersek se estiraram na traseira da caminhonete e puxaram um tapete empoeirado por cima. Sam conhecia todas as curvas familiares. Sentiu o aclive da colina, e sabia exatamente quando ela teria de desacelerar para cruzar a porteira. Quando entrou no celeiro, menos luz atravessou o tapete, e o motor soou mais alto antes que ela o desligasse. Ela abriu a porta esquerda traseira e pegou o saco de compras, levando-o para casa.

"Tenha cuidado", disse Sam, em voz baixa. Ela balançou a cabeça, os lábios apertados. Ele e Kersek saíram do carro e pararam bem afastados da janela poeirenta, olhando-a se apressar através do gramado até a casa, passando pelo sol do fim do dia, movendo-se com toda aquela leveza que era familiar a ele, e que ele adorava. Viu-a destrancar a porta, entrar e depois fechá-la. Virou-se e viu que Kersek estava tenso e alerta.

"Que foi?"

"Ele poderia estar esperando lá dentro. Ela teria que arrumar um jeito de gritar."

Sam quis morrer por não ter pensado naquilo. Ficaram parados em um silêncio intenso no celeiro, ouvindo. A ventoinha do motor da caminhonete estalava. De repente, assustando a ambos, a sirene tocou no andar de cima — três toques curtos e rápidos.

"Está tudo bem", disse Sam, agradecido. Subiu rapidamente as escadas e respondeu o sinal. Eram apenas quatro da tarde. Kersek o ajudou a carregar as coisas para cima e organizá-las, deixando seus suprimentos próximos ao pé da escada. Sentaram-se no andar de cima, na velha cama de campanha, cercados por brinquedos aos pedaços, projetos meio completos, uma centena de figuras cortadas de revistas e coladas nas paredes. Conversaram em voz baixa. Sam contou a Andy Kersek a história completa de Max Cady.

A única janela, coberta por teias de aranha, abria-se para a casa, e de onde estava sentado Sam podia ver os fios finos que desciam e subiam outra vez para o quarto de Nancy, pelo furo na esquadria da janela. Ele podia ver um pedaço do morro atrás da casa, mas não tentou enxergar mais do que isso porque não queria chegar com o rosto muito perto da janela. Carol mandou o sinal curto de hora em hora. Depois de terem esgotado o assunto sobre Cady, Kersek falou da Coreia e como havia sido, como ele fora ferido e o que sentira. Os dois leram por algum tempo — Kersek pegando coisas aleatoriamente na pilha de gibis empoeirados, no canto do quarto. E, por fim, escureceu demais para que lessem e também para que fumassem.

Carol tocou o sinal às nove e às dez, e Kersek abafou a sirene, achando que o som poderia chegar muito longe na quietude da noite.

"Hora de ir", Kersek disse. Parecia tímido outra vez. Estendeu a mão, e Sam o cumprimentou.

"Não quero que nada aconteça a ela", falou Sam.

"Não vai acontecer nada." Havia segurança e confiança em sua voz. Sam o seguiu, descendo as escadas, reconhecendo o caminho. Kersek se embrenhou pela noite. Não fazia qualquer som. Sam apertou os olhos para enxergá-lo, mas não foi capaz. Kersek pintara o rosto e suas roupas eram escuras, e ele se movia com a presteza e a cautela de um homem treinado.

A luz tênue que emanava da janela de Nancy se apagou às dez e meia. Ele tentou dormir, mas não conseguiu. Ouviu os sons da noite longa de verão, os coros de insetos e os cães distantes, os poucos carros na estrada, os caminhões ainda mais distantes e um longo e agudo toque de buzina muito além dos vales.

A primeira luz do amanhecer o acordou, e ele arrastou a cama para longe da janela. Não houve sinal às seis, e ele resistiu à tentação de começar a comunicação. Os minutos lentos se passaram. A hora entre seis e sete pareceu pouco mais longa que a eternidade. Não houve sinal dela às sete. A casa parecia quieta e morta. Eles estavam lá dentro, mortos enquanto ele dormia. Às sete e cinco, não pôde mais esperar. Começou o sinal. Vinte segundos depois, quando já estava para tocar de novo, a boca seca e o coração palpitando, o sinal foi respondido. Respirou fundo e imediatamente se sentiu culpado por tê-la acordado. Ela precisava tanto daquele sono.

Comeu. A longa manhã passou. Um vendedor estacionou na frente da casa e foi até a porta da frente, esperando alguns minutos antes de desistir e ir embora. Um gato branco e marrom caçou um passarinho no gramado, o rabo balançando, orelhas erguidas, o corpo em posição. Saltou e errou, olhando para o alto do olmo por uns instantes, depois sentando e lambendo as patas, e indo embora, os pássaros o insultando.

Ao meio-dia, sua preocupação com as crianças havia se tornado intensa. Se Cady as tivesse encontrado, de algum modo... Mas Carol prometera ligar a eles duas vezes por dia, e se houvesse qualquer coisa errada ela viria correndo ao celeiro.

Ele não podia se lembrar de ter passado um dia mais arrastado. Assistiu às sombras mudando e se estirando. Às seis, o sol se escondeu atrás de uma porção de nuvens densas a oeste, atrás da casa, e a noite chegou mais cedo que de costume. Ela deu o último sinal às dez da noite e a luz se apagou pouco depois.

... sonho nebuloso em um sono profundo, o sonho interrompido pelo despertador da manhã. E ele tateou atrás do relógio que não estava ali, e de súbito se sentou em uma escuridão absoluta, suas reações tão turvadas pelo sono pesado que durante longos e preciosos segundos ele não soube onde estava, nem por que seu coração martelava com tanta força. Quando o entendimento agudo veio, ele se atirou para fora da cama e tentou apanhar a arma e a lanterna. Seu corpo estava desajeitado pelo sono e ele empurrou a lanterna para longe, encontrando-a no meio da escuridão. Desceu com pressa pela portinhola, buscando os degraus com os dedos dos pés. Não previra a dificuldade que seria tentar descer em uma escuridão completa, carregando uma arma e uma lanterna.

Seu pé escorregou e, quando tentou se agarrar à escada, a mão escorregou também. Caiu sobre o pé direito em alguma coisa irregular. Foi uma queda de mais de dois metros, e ele caiu com todo o peso sobre o tornozelo direito. A sensação era a de um rojão explodindo ali dentro. Caiu com tudo, desmaiando de dor, em uma queda secundária que o jogou contra a roda do carro, rolando no escuro, as mãos vazias e o senso de direção completamente confuso. Levantou-se sobre as mãos e os joelhos, gemendo de dor, e percebeu que o longo sinal de alarme havia parado. Começou a engatinhar no escuro, correndo as mãos pelo solo, procurando a arma e a lanterna.

Tocou a forma arredondada da lanterna, agarrando-a e apertando o botão, mas ela não acendeu. Ouviu um grito de terror absoluto e aterrador, um grito que parecia rasgar uma tira enorme de seu coração, e ouviu o som abafado, mas ainda assim distinto, da Woodsman disparando dois tiros.

Soluçava de medo, frustração e dor. Tateou o cabo do revólver e o empunhou, tentando se levantar. Quando apoiou o peso sobre o tornozelo, caiu outra vez, arrastando-se até a parede e se erguendo apoiado a ela. Nesse instante ouviu um segundo grito tremular pelo ar noturno, um fio de prata se estirando até o ponto mais alto, depois se arrebentando em um silêncio pior do que o grito.

Conseguiu reunir forças para andar, e aí as forças se tornaram uma corrida trôpega. A noite estava completamente escura. Havia uma garoa em seu rosto. Sentia como se tentasse correr dentro d'água. O pé direito se arrastava de um jeito inútil, e toda vez que se apoiava nele sentia como se pisasse em carvão em brasa, até o tornozelo.

Caiu sobre os degraus da frente, lutando para chegar à porta e descobrir, em desespero, que ela estava trancada e ele não tinha a chave e levaria uma eternidade para andar em torno da casa e encontrar o lugar por onde Cady entrara. Essa era outra coisa que ele não considerara. Outro descuido trágico. E onde estava Kersek?

Nesse exato instante ele ouviu um som que devia vir da garganta de um homem, mas era absolutamente diferente de qualquer som humano que ele já ouvira. Era um rosnado, um uivo cheio de ódio e loucura e de um frenesi brutal. E houve o estouro ressonante de uma arma maior que a Woodsman, um som que fez as janelas tremerem.

Seguiram-se os estrondos, clangores e batidas de algo correndo ou caindo pelas escadas da frente, arrastando consigo o sistema de alarme de Carol, as panelas e frigideiras e cordas. E um tremor que balançou a casa.

Antes que pudesse se mexer, a porta trancada foi aberta de supetão e uma figura meio difusa, larga, pesada, forte e incrivelmente rápida saiu em disparada e trombou com ele, atirando-o para longe. Ele teve a péssima sensação de estar flutuando enquanto voava para trás sobre os degraus, e aterrissou de costas na grama úmida com um choque que arrancou seu fôlego. Havia conseguido segurar o revólver. Virou-se sobre os joelhos, arquejando, e ouviu o peso de pessoa correndo sobre o gramado, viu algo correndo para trás da casa. Deu três tiros, rápidos, sem mirar. Levantou-se e cambaleou até o canto da casa. Ainda ofegava para respirar, mas conseguiu prender o fôlego e ouvir. Escutou algo se mexendo com uma pressa alucinada, atirando-se no meio do mato que subia o morro atrás da casa. Atirou mais duas vezes na direção do barulho e parou novamente para ouvir, notando-o se afastar, tornar-se mais baixo e desaparecer.

Quando se virou, torceu de novo o tornozelo e caiu contra a casa, batendo a cabeça. Se arrastou com os joelhos. Engatinhou escada acima até a porta da frente, tateou o interruptor e acendeu o andar de baixo.

Conseguia ouvir um sonzinho choramingando fraco, um som desolado por medo, dor ou desespero, como aquele som inolvidável que escutara há tanto tempo, em Melbourne, em uma viela, e sentiu que seu coração poderia parar.

O som continuou enquanto ele subia as escadas, de quatro. No meio do caminho, largou a arma vazia. Quando chegou ao andar de cima, acendeu a luz. Kersek jazia caído no corredor, na porta do quarto de Nancy, que estava aberta. O quarto estava na escuridão. O choro interminável vinha lá de dentro.

Kersek estava bloqueando a passagem. Sua arma, caída a um metro e meio dele. Sam precisou se arrastar por cima. Tentou ser gentil. Kersek gemeu quando ele passou por cima. Acendeu a luz no quarto de Nancy. O criado-mudo estava tombado, a luminária despedaçada. Carol estava deitada com metade do corpo sob a cama, em posição fetal. Vestia as calças do pijama. A blusa fora rasgada, sobrando apenas uma manga. Havia dois arranhões fundos em suas costas, sangrando. Ela fazia aquele som infinito e despedaçado a cada respiração, enquanto ele se arrastava até ela. Quando tentou tirá-la de debaixo da cama, ela resistiu, os olhos fechados muito apertados.

"Carol!", ele disse, firme. "Carol, querida!"

O som continuou e logo parou. Ela abriu os olhos com cautela, e quando se virou ele pode ver o machucado roxo que cobria quase metade de seu rosto, no lado esquerdo.

"Onde você estava?", sussurrou. "Ai, meu Deus, onde você estava?"

"Está tudo bem?"

Ela se arrastou para fora da cama. Sentou-se e afundou o rosto nas mãos. "Ele foi embora?"

"Sim, meu bem, ele foi."

"Ai, meu Deus!"

"Você está bem? Ele... a machucou?"

"Como um animal", disse, de pronto. "Tinha o cheiro de algum tipo de bicho, também. Não ouvi nada. Só uma espécie de arranhão na porta. E apertei o alarme por um tempo enorme, e estava com a arma, e aí ele atravessou a porta de uma vez, de uma vez, como se fosse feita de papel, e eu atirei e gritei e tentei lutar. E ele me acertou."

"Ele fez... alguma coisa com você?"

Ela franziu a testa, como se tentando se concentrar. "Ah, sei o que você quer saber. Não. Ele estava tentando, mas aí... Andy apareceu."

Tentou olhar para além dele. "Onde está Andy?"

"Coloque o roupão, querida."

Ela pareceu se recompor com muita dificuldade. "Eu desmoronei. Nunca tive tanto medo. Desculpa. Mas onde você estava? Por que não veio?"

"Eu caí", ele disse, virando-se e se arrastando de volta até o corredor. Kersek respirava com dificuldades. Escorria sangue do canto de sua boca. O cabo de couro de uma faca de caça saía grotescamente de seu flanco, bem sob a axila direita. O nariz estava achatado contra o rosto.

Arrastou-se através do corredor até o quarto do casal, erguendo-se até a cama, tirando o telefone do gancho e ligando à operadora.

"Sam Bowden", ele disse, "estrada Milton Hill. Precisamos de um médico aqui, e da polícia. Imediatamente. Emergência. Diga para que corram, por favor. E uma ambulância, por favor."

E cinco minutos depois ele ouviu a primeira sirene subindo a colina pela noite enevoada.

205

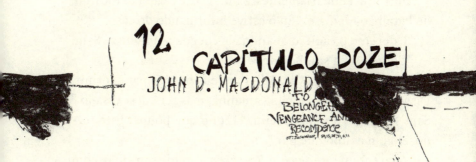

CAPÍTULO DOZE
JOHN D. MACDONALD

O dr. Allisson, depois do tratamento de emergência em Kersek e depois de tê-lo mandado embora na ambulância, cuidou das feridas profundas nas costas de Carol. Tão logo estava na própria cama, o médico deu-lhe uma injeção de Demerol que a pôs dormindo profundamente em apenas trinta segundos.

Depois de constatar que o tornozelo de Sam estava com uma distensão séria, e não quebrado, aplicou-lhe um anestésico local e o enfaixou com firmeza.

"Tente ficar de pé."

"Não dói nada!", Sam falou, maravilhado.

"Mas não abuse. Tente não apoiar nele. Mas pode andar um pouco. Que noitada vocês andaram tendo."

"Como está o policial — Kersek?"

Allisson encolheu os ombros. "Adivinhe. Ele é jovem e está em forma. Estava em choque. Tudo depende do tamanho daquela lâmina. É melhor extraí-la na mesa cirúrgica. Preciso ir para lá. A polícia estadual está ansiosa para falar com você."

Quando desceu a escadaria, aliviando o tornozelo ferido, viu que o delegado Dutton já chegara. Conversava em tom baixo com um homem grande que usava calças largas e uma jaqueta de couro, aparentando competência e importância.

Dutton acenou friamente a Sam. "Este é o capitão Ricardo, do batalhão E", disse. "Eu o estive informando do caso."

"Falei com o capitão quando ele chegou aqui", disse Sam. "Como está a sra. Bowden?"

"Em frangalhos. O dr. Allisson deu-lhe algo para dormir. Disse que ela estará dopada amanhã, mas terá descansado." Sam se dirigiu a uma cadeira. "Tenho que poupar este tornozelo o máximo que der."

"Aparentemente você e Kersek não puderam lidar com a situação muito bem", disse Dutton.

Sam o encarou.

"Se não fosse por minha esposa e aquele puxão de orelha, eu teria que ter lidado com isso sozinho, e teria sido um inferno bem maior do que já foi, delegado Dutton."

Dutton corou e respondeu: "Como foi a campana?".

"Eu estava no andar de cima do celeiro com um sistema de alarme ligado para que ela pudesse me chamar. Kersek estava no porão. As escadas da frente e de trás tinham panelas e cordas penduradas. Eu gostaria de saber como ele entrou."

"Nós descobrimos", disse o grande oficial da polícia estadual. "Ele escalou pelo telhado do galpão até a varanda da cozinha, cortou a tela da janela no fundo do corredor e arrombou o trinco."

Sam balançou a cabeça, cansado. "E Kersek não ouviu, e isso atrapalhou o sistema de alerta. Ele não teria como ouvir o alarme soando. A primeira coisa que ouviu deve ter sido o grito dela e os dois tiros que disparou."

"Dois?", quis saber Ricardo. "Tem certeza?"

"Quase."

Ricardo voltou-se para Dutton. "Encontramos duas balas calibre vinte e dois, uma no batente da porta, na altura do peito, e outra cravada na parede do outro lado do corredor.

E uma de calibre trinta e oito no rodapé do corredor, em um ângulo que arrancou uma lasca enorme."

"Eu tinha certeza de que Kersek daria conta", disse Dutton.

Ricardo esfregou o lóbulo da orelha. "Dar conta de um encrenqueiro é uma coisa. De um maluco, outra. O corredor estava escuro. Seu homem não conhecia a casa, e provavelmente não conseguiu achar o interruptor. E estava tentando ser rápido. Esse Cady provavelmente saiu do quarto como uma bomba."

"Eu também atirei nele", Sam falou.

"Com o revólver que encontramos na escada?"

"Sim."

"Onde, e quantas vezes?"

"Três vezes no jardim da frente. Ele me arremessou para fora da entrada. Estava correndo pela lateral da casa. Daí eu o ouvi subindo a colina lá atrás, e tentei acertar mais dois tiros a distância. Mas ele continuou andando. Eu pude ouvir."

Quando o telefone tocou, um dos homens de Ricardo atendeu e avisou que era para o delegado Dutton. Ele foi ao telefone. Ouviu por um tempo, falou em monossílabos e desligou. Quando regressou, seu rosto parecia envelhecido, os olhos carregados e amargos.

"Não vamos saber como ele foi dominado, Ricardo. Ele não resistiu. Eles o perderam na mesa de operações."

"Lamento muito", Ricardo respondeu.

"Quais seus planos?"

"Não é uma zona fácil de cobrir. Há estradas secundárias demais. E talvez não cheguemos a todas rápido o suficiente. Não sei. Mas ordenei bloqueios. Não podemos usar os cães, porque não temos nada para que eles farejem. Terei mais meia dúzia de policiais se apresentando em meia hora. Assim que amanhecer nós os mandaremos pela colina e veremos se dá para seguir o rastro. Tenho um garoto que é muito bom nisso. Podemos torcer para que o sr. Bowden o tenha acertado, e se ele não acertou, devemos torcer para cobrir a área em tempo."

"Para o caso de não conseguirmos, que tal emitir um alerta?" Ricardo concordou. "Por seis estados. Vamos dar a ordem. Tudo bem. Agora, e sobre a imprensa? Meu pessoal os tem mantido afastados de nosso pescoço até agora."

Dutton pressionou os lábios. "Foi assassinato de um policial. Vamos espalhar a notícia. Podemos publicar fotos dele." Olhou com atenção para Sam. "Eles vão querer um testemunho seu, se puderem consegui-lo. Posso dar um jeito nisso, caso queira."

"Eu gostaria."

"Vou fazer isso agora", disse Dutton. "Quanto mais rápido cooperarmos, mais tranquilo vai ser." Saiu pela porta da frente, seguindo na direção das luzes e conversas que vinham do celeiro.

Ricardo descansou o peso, alto e corpulento, em uma cadeira. Disse, pensativo: "A relação entre mente e corpo é estranha. Alguma coisa na mente de uma pessoa sã parece impedi-la de usar toda a força do corpo. Ano passado, dois dos meus rapazes tentaram segurar uma mulher que pesava cinquenta quilos. Ela estava querendo arrombar um bar de beira de estrada, na Sherman Road. E estava indo bem, aliás. No fim das contas, precisaram de cinco deles, cinco rapazes bem fortes, e depois que conseguiram imobilizá-la, dois deles foram parar no hospital. Pelo que Dutton disse, esse Max Cady não regula bem."

"E é grande, rápido e preparado", disse Sam.

Ricardo acendeu um charuto com cuidado, examinando sua ponta incandescente. "Um pessoal chamado Turner, que mora aqui mesmo nessa estrada, apareceu e meus homens os mandaram embora. São amigos?"

"Os melhores."

"Talvez alguém devesse ficar com sua esposa. A sra. Turner é tranquila?"

"Sim."

Levantou-se. "Qual é a casa?"

"A próxima, deste mesmo lado. Muito obrigado."

"Vou mandar um dos meus homens buscá-la." Ele saiu.

Sam ficou sentado sozinho na sala de estar. Sentia-se entorpecido por toda a emoção e energia gastas. Pensou em todas as coisas que fizera erradas. Fizera papel de palhaço. Cair da escada. Não chegar até a casa. Que belo homem de ação. Resoluto. Era como se tivesse se enroscado em um varal, na escuridão. Caído de maduro. Era difícil acreditar que Kersek estava morto. O durão, competente e eficaz Kersek. Mas, morrendo, ele impediu que o impensável acontecesse. E isso era uma grande coisa.

Liz Turner chegou apressada. Era uma loira alta que não denunciava, atrás da aparência lânguida de anemia, o tanto de energia que possuía.

"Bom Deus, Sam, nós ficamos apavorados. Parecia que tinha uma guerra acontecendo aqui. Quando conseguimos nos vestir e correr para cá, a polícia nos enxotou. O policial que foi me chamar disse que um deles foi morto aqui e que vocês dois estavam bem. Como está Carol? Onde ela está?"

"Allisson deu-lhe uma injeção de Demerol. Está apagada, mas não sei por quanto tempo. Pensei se você não se importaria em..."

"Claro que eu não me importo. Vou ficar com ela. No quarto de vocês? Vou subir lá. Foi o homem de quem Jamie comentou com Mike? O que envenenou Marilyn?"

Fez que sim. Ela o olhou por um momento e correu escada acima, de dois em dois degraus. Ele ouviu mais carros chegando. Levantou-se e foi até a janela olhar para fora. Policiais do estado, uniformizados, andavam por todos os lados na frente dos faróis acesos. O céu a leste começava a clarear. A chuva havia parado. As árvores pingavam.

Ricardo apareceu, pegando Sam e o levando para fora, para que ele mostrasse de onde atirara na direção do morro e de onde parecia terem vindo os sons que ouvira.

"Já providenciei tudo, sr. Bowden. Assim que estiver claro o bastante para buscarmos um rastro, vamos começar. Tenho dez homens e vamos espalhá-los. Dutton voltou para New Essex. Não há muita probabilidade de ele aparecer de novo aqui, mas vou deixar um homem a postos, de todo modo. E aqui está sua arma de volta. Recarregada."

No momento em que Sam pegou a arma, um clarão iluminou a cena, e Ricardo se virou bem irritado. "O que eu disse a vocês da imprensa?"

"Só uma pausinha, capitão", disse o homem com o fotógrafo. Tinha um rosto carregado, largo e com inocentes olhos azuis. "Esta é uma daquelas vezes em que nós, a galera do Gutenberg, passamos na frente da televisão em matéria de furo de reportagem. A imprensa inteira vai se agarrar a isso. Quando começamos, capitão? Que tal uma entrevista exclusiva, sr. Bowden? Sou Jerry Jacks."

"Agora não", disse Sam, e caminhou lentamente de volta para casa. Atrás de si, ouviu Ricardo enxotando Jacks de volta para o celeiro.

Observou, da janela, os trabalhos começando, a linha de homens subindo o morro, armas em punho. Observou-os até que sumissem. O sol nascente ia alto. Levantou-se da cama. Liz sorriu a ele, com o dedo sobre o lábio. Carol respirava pesada e lentamente, o rosto ferido relaxado, lábios abertos. Liz colocou de lado sua revista e saiu ao corredor com ele.

"Ela nem se mexeu", sussurrou.

"Você deve estar entediada."

"Não ligo nem um pouco. Coitada, com esse rosto!"

Quando desceu as escadas, estava inquieto demais para sentar e aguardar. Saiu pela porta da cozinha e sentou-se nos degraus. O sol ia alto o suficiente para esquentar seu rosto e as costas de suas mãos.

No silêncio da manhã, ouviu as vozes antes de ver seus donos. Haviam escolhido um caminho mais fácil pra descer o morro, aquele que descia desde a linha de tiro improvisada, passava pelo túmulo de Marilyn e saía atrás do celeiro.

Foi até lá. Quatro policiais se empenhavam em carregar a maca improvisada. Dois galhos haviam sido cortados, podados e passados através dos braços de duas camisas de uniforme. Sam esperou no fim do caminho. Quando eles chegaram a um local plano, baixaram a maca ao chão para descansar. Largaram-na de qualquer jeito. Cady jazia deitado nela. O rosto inerte trazia uma expressão enrugada e da cor de cera. Os olhos semiabertos eram frestas de um azul opaco e vítreo. Em sua vida, Sam vira muitos corpos. Nenhum deles parecera tão morto assim. Quando soltaram a maca no chão, Cady escorregou para o lado e se virou devagar e pesadamente sobre o rosto, na grama úmida. Um *flash* se acendeu.

"Ele chegou no meio do caminho até o carro", disse Ricardo. "Era mais fácil carregá-lo aqui para baixo do que subir o morro. O carro estava escondido naquela estradinha enlameada lá em cima, coberto com galhos. Tinha um rifle de longo alcance, comida e bebida alcoólica. Um dos rapazes está trazendo as coisas."

"Vocês precisaram matá-lo?"

Ricardo o olhou. "Tudo que precisamos foi trazê-lo até aqui. Começamos encontrando sangue no meio do caminho, morro acima. Um monte dele. Olhe suas roupas. Um de seus tiros deve tê-lo acertado, um dos dois últimos que você deu. Atravessou o braço direito por dentro, bem embaixo da axila. Acertou uma artéria. Ele ainda subiu uns noventa metros antes de perder sangue demais."

Sam olhou para o corpo enquanto eles o colocavam de novo na padiola. Uma folha de grama estava colada a seus lábios. Ele matara um homem. Transformara aquela força elemental e impiedosa em pó, em dissolução. Vasculhou-se a si mesmo, procurando alguma culpa, alguma sensação de vergonha.

E pôde encontrar apenas uma sensação de satisfação selvagem, um sentimento de realização poderoso e primitivo. Todas as camadas densas e bem cuidadas de instintos civilizados haviam sido arrancadas, levadas de volta à exultação intensa pela morte de um inimigo.

"Vou levá-lo daqui o mais rápido que puder", Ricardo falou. "Passe no batalhão amanhã, se for possível. Vou deixar a papelada pronta para que você assine."

Sam concordou com a cabeça, voltou-se para a casa e começou a andar. Caminhou três metros, parou e se voltou para olhá-los. Olhou para o corpo enquanto eles o carregavam, e disse, sem tom algum: "Obrigado".

Tinha pensado em subir as escadas, mas uma fraqueza súbita o colocou sentado em uma cadeira, extenuado. Podia ouvir Jerry Jacks falando ao telefone. Sabia que devia estar incomodado por Jacks se esgueirar pela casa, mas não parecia se importar demais. "... isso. Morto. E foi Bowden quem matou."

Foi Bowden quem matou.

Sam Bowden, que quisera virar o rosto ao alto e berrar aos céus, que quisera dançar em torno do corpo morto e cantar uma canção pela derrota de seu inimigo.

Quando se sentiu forte o bastante, manquejou escada acima para esperar que Carol acordasse, e aí contaria a ela, e depois dormiria, e então iria de carro buscar as crianças.

CAPÍTULO TREZE
JOHN D. MACDONALD

Num dia da semana, a família Bowden, com Tommy Kent como convidado especial, fez a tradicional última viagem do ano no *Bela Sioux* até a ilha.

Era um dia quente com uma brisa refrescante soprando no lago. Almoçaram ao meio-dia. Às duas, as crianças estavam nadando. Sam sentou-se em um lençol, de roupa de banho, os braços apoiados nos joelhos erguidos, uma lata de cerveja e um cigarro na mão. Carol estava deitada de costas ao lado dele, um braço sobre os olhos.

Soltou um grunhido sonolento, girou sobre o corpo e esticou os braços para desatar a parte de cima do biquíni, dizendo: "Passe óleo em mim, meu bom amigo".

Ele baixou a lata de cerveja, colocou o cigarro sobre ela, destampou a loção e a derramou sobre a palma da mão, esfregando-a nas longas e morenas curvas de suas costas. Uma das mulheres mais preciosas, pensou. Mulher de graça e espírito, orgulho e delicadeza. E mais uma vez ele pensou no pesadelo que quase acontecera a ela. Um espírito mais tosco poderia ter sobrevivido ao crime sem muito impacto emocional, mas Carol jamais poderia. Aquilo a teria despedaçado completamente, para sempre. Quando ele pensava no quão perto aquilo chegou de acontecer, seus olhos ardiam, ofuscando sua visão das formas e contornos dela.

"Hmm", ela disse, contente, enquanto ele fechava o frasco de loção.

"Está com preguiça demais para entrar na água, imagino."

"Aham."

"Fui enganado", ele disse, de um jeito sombrio. "Quando a comprei no mercado de escravos em Nairóbi, o vendedor me disse que você trabalharia como um cão, da hora que o sol despontasse até não aguentar mais. Você parecia inteira de corpo, os olhos bons. Todos os dentes na boca."

"O preço foi alto", ela disse, em sonhos.

"Mas eles me enganaram."

"Você lembra do aviso. Não pode ser devolvido."

"Estou pensando em vendê-la."

"Tarde demais. Anos de servidão a você me transformaram num trapo, senhor."

Ele suspirou de modo teatral. "Imagino que consigo usá-la por mais alguns anos."

"Rá!"

"Não fale 'rá!'. É impertinente."

"Sim, meu amo."

Esse era um tipo de brincadeirinha que eles faziam desde que eram casados. Pegavam pistas um do outro e continuavam a história, divertindo-se com as invencionices, fazendo disso um jogo de amor.

Ele arremessou a lata vazia no lago e a observou boiando para longe, balançando nas marolas, levada pelo vento. Viu Nancy subir na popa do *Bela Sioux* e dar um mergulho perfeito, suave como música.

Carol amarrou o biquíni e se sentou. "Talvez eu vá nadar. Você fez eu me sentir culpada, seu porco. O que fica fazendo? Fica se enchendo de cerveja e fazendo comentários ofensivos."

"Vá nadar. Eu vou esperar um pouco."

Olhou-a andar até a água, enfiando o cabelo sob a touca branca de natação. Entrou na água e começou a nadar, com braçadas lentas e competentes. Ele fez um brinde sozinho, tirando outra cerveja do isopor cheio de gelo, e disse a si mesmo: "Um momento importante. Neste dia e hora e minuto, eu saí completamente de baixo de uma nuvem pesada chamada Cady. Estou, inesperadamente, inteiro de novo".

Carol voltou pingando e um pouco cansada, e pediu uma cerveja também. Sentou-se a seu lado para bebê-la.

Olhou para ele, a cabeça levemente inclinada. "Você está com aquela cara pensativa outra vez."

"Em vez da cara vaga e idiota de costume?"

"Que aconteceu?"

"Cady."

O rosto dela mudou. "Queria que você não fizesse isso. Eu tranquei essa história num quartinho apertado, no fundo da minha mente, e você continua arrastando e sacudindo e esfregando isso na minha cara."

"Você perguntou. Eu estava tentando encontrar alguma diferença. Você mata um homem, precisa mudar. Não sei como. Ficar mais grosseiro, talvez. Com certeza menos sentimental. Um bunda mole meigo a menos no mundo."

"Houve uma mudança", ela disse.

"Você a vê?"

"Em mim, quero dizer. Não sou tão idiota sobre mim e meu mundinho limitado, Sam. Pensei que fosse meu direito absoluto, minha herança indiscutível, ser feliz e criar as crianças e enfim expulsá-las do ninho e passar uma velhice digna ao seu lado. Eu sabia que morreria algum dia, e seria uma velhinha mirrada, com cabelos brancos e perfume de lavanda, morrendo em minha cama com os netos em torno de mim. E você duraria uns anos mais, para que tivesse uma boa chance de sentir minha falta, e então iria me encontrar. Era o que havia em minha mente. Uma crença enorme e infantil de que este mundo tinha sido feito para eu ser feliz."

"E não foi?"

"Só com sorte, meu querido. Só com a maior das boas sortes. Há coisas sombrias soltas pelo mundo. Cady era uma delas. Um pedaço de gelo na curva pode ser outra. Um germe pode ser uma delas."

"Eu sei, querida."

Ela tomou suas mãos e as segurou firme, franzindo a testa para ele. "Então, foi essa coisinha que eu aprendi. Que por todo o mundo, bem agora, neste minuto, pessoas estão morrendo, ou seus corações estão sendo despedaçados, ou seus corpos estão sendo despedaçados, e enquanto isso acontece elas têm uma sensação de incredulidade completa. Isso não pode estar acontecendo comigo. Não era assim que *tinha* que ser."

"Eu sei."

"Acho que talvez eu seja mais forte e mais corajosa. Espero que sim. Porque sei que tudo o que temos está se equilibrando em uma rede tão delicada de acasos e coincidências." Ela corou. "Sua vez, agora."

Ele bebeu de sua cerveja e olhou pelo lago. "Minha vez. Certo. Tudo que você disse, mais um pouco. É como me recuperar de uma doença grave. O mundo inteiro parece novo e brilhante. Tudo parece especial. Eu me sinto enormemente vivo. E não quero que isso acabe. Quero me agarrar a isso. Acho que eu estava ficando aborrecido. Estava idealizando minha profissão, e me apoiando demais nela. Agora eu sei que não passa de uma ferramenta. Você a usa como usa qualquer outra ferramenta. Se usar com sabedoria, ela pode ajudar. E quando não é útil, você precisa tomar um curso de ação que seja de alguma ajuda."

"Vejam só, que caixeiro-viajante mais interessante parou aqui na fazenda para ver papai e eu."

Ele olhou para seus olhos grandes e inocentes. "Betty Lou, é sempre um prazer parar aqui e provar de sua comida."

"Ah, *aquela* coisinha velha. Você só diz isso para me agradar."

"Betty Lou, alguma vez você já considerou seriamente ter um filho?" Ele notou a gravidade súbita no rosto dela, seu olhar pensativo, viu sua decisão quase imediata.

"Adoraria um. Mas meu Deus, vou olhar os pés de repolho quase todas as manhãs e nunca encontro bebê algum por lá."

"Olha, esse não é exatamente o jeito certo de encontrá-los, meu bem."

"Aqui na fazenda a gente não fica muito informado das novidades."

Ele a beijou na boca. "Digamos que começa desse jeito."

"Começa? Acho que eu posso gostar, então."

Ele riu para ela, que sorriu de um jeito afetado.

"Vamos nadar, sua safada", ele disse.

"Você precisa de um pouco de água fria, Samuel."

Caminharam até a água de mãos dadas. Marido suburbano, esposa suburbana. Um casal lindo, doce e civilizado, sem quaisquer máculas visíveis de violência, nenhuma marca de um medo terrível.

Ele nadou a seu lado, parando e sorrindo para ela com carinho, e sem aviso a afundou na água, nadando na direção do barco para se safar enquanto as crianças gritavam eufóricas para que ela o agarrasse.

JOHN D. MACDONALD (1916–1986) começou a escrever após ter servido ao Exército norte-americano entre 1940 e 1946. Publicou seus primeiros contos de suspense e crime em revistas pulp, antes de seu primeiro romance, *The Brass Cupcake*, de 1950. Em 1972, foi reconhecido pelo Mystery Writers of America como Grão-Mestre pelo conjunto da obra. Esta inclui 78 livros e quase quinhentos contos, chegando a 75 milhões de exemplares impressos, o que o torna um dos maiores romancistas best-sellers do planeta. *Cabo do Medo*, publicado originalmente em 1957 como *The Executioners*, foi adaptado duas vezes ao cinema. A primeira, em 1962, com direção de J. Lee Thompson e Robert Mitchum e Gregory Peck no elenco. A segunda, em 1991, dirigida por Martin Scorsese, contou com Robert De Niro, Nick Nolte, Jessica Lange e Juliette Lewis. Saiba mais no blog criado por Steve Scott, pesquisador e entusiasta de MacDonald e sua obra há mais de quarenta anos, thetrapofsolidgold.blogspot.com.

"E agora [...] adeus à gentileza, à humanidade e à gratidão.
Eu me substituí pela Providência para recompensar o bem; que
o Deus da vingança me dê agora o seu lugar para punir os ímpios."
— Alexandre Dumas, *O Conde de Monte Cristo* —
OUTONO NO LAGO 2019

DARKSIDEBOOKS.COM